中国教育四重奏

小欢喜

鲁引弓

著

南方出版传媒
花城出版社
中国·广州

图书在版编目（CIP）数据

小欢喜 / 鲁引弓著. -- 广州：花城出版社，2018.7（2019.9重印）

（中国教育四重奏）

ISBN 978-7-5360-8643-2

Ⅰ.①小… Ⅱ.①鲁… Ⅲ.①长篇小说－中国－当代 Ⅳ.①I247.5

中国版本图书馆CIP数据核字（2018）第066883号

出 版 人：肖延兵
策划编辑：程士庆　林宋瑜
责任编辑：揭莉琳　林　菁　刘玮婷
营销编辑：麦小麦
技术编辑：薛伟民　凌春梅
装帧设计：刘　凛
封面供图：黄璐霜

书　　名	小欢喜　XIAO HUAN XI	
出版发行	花城出版社 （广州市环市东路水荫路 11 号）	
经　　销	全国新华书店	
印　　刷	佛山市浩文彩色印刷有限公司 （广东省佛山市南海区狮山科技工业园 A 区）	
开　　本	880 毫米×1230 毫米　32 开	
印　　张	9.25　1 插页	
字　　数	200,000 字	
版　　次	2018 年 7 月第 1 版　2019 年 9 月第 4 次印刷	
定　　价	45.00 元	

如发现印装质量问题，请直接与印刷厂联系调换。
购书热线：020 - 37604658　37602954
花城出版社网站：http://www.fcph.com.cn

目　录

1	引子：红色法拉利
22	喜宴
28	一次转折
41	在天台上
49	借钱
53	每一个小小的秘密
65	家访
80	反转
84	妈妈的攻略
95	找房奇遇
109	宛若聚居

119	站在高考的风口
133	小难题
149	争锋
158	补习费
170	不再言说
181	大男孩想战术
189	请老妈离场
198	精神的孤儿
206	为什么哭泣
217	老爸上菜
225	你的秘密
233	逆转

239	妈妈的路途
251	"爱情"演出
276	爸爸的贵子
280	两个礼物

引子：红色法拉利

雾霾笼罩的城市，也有它的春天。

过了2月下旬的开学季，春天在迅速推进。

像这样的星期天下午，路边的白玉兰在怒放，从城市高空倾泻而下的阳光，虽消融在一片灰茫中，但如果忽略对空气质量的敏感，这周遭流动的暖意里，依然有一年一度春天降临的气息。

如果没有雾霾，天空应该是蔚蓝的，阳光应该更透亮，微风应该更宜人。当然，这只是如果。

眼前，没有如果，那么就瞅着这片仿佛蒙着轻纱的阳光天地，接受这搁在如今已算是不错的天气，轻度污染嘛。

就在这个星期天的下午，冯凯旋、朱曼玉夫妇把双休日返家的儿子冯一凡送回了学校——本市著名的寄宿制重点高中春风中学。

面容清俊的爸爸冯凯旋、小圆脸大眼睛妈妈朱曼玉和身材高挑的儿子冯一凡走在校园里,脸上都有似有若无的疲惫,除此之外,与此刻校园里别家的"三人组"没什么差别。

看着儿子拎着书包往寝室走,冯凯旋朱曼玉在他身后又关照了几句:"一心一意读书。""要加油。"

小帅哥冯一凡没回头,但嘴里应了:"知道了,你们好走了。"

儿子走后,夫妇俩并没马上离开。

他俩走向宿舍楼另一侧的楼梯,去三楼看朱曼玉的外甥林磊儿。

外甥林磊儿这个双周日没回来过周末,此刻他正在寝室里看书。夫妇俩把他叫出来,将一包零食递给他,并关照道:"有空出去玩玩,要劳逸结合。"

林磊儿点头道谢。随后,这个面容聪慧的瘦男孩把姨妈姨父送到了楼梯口,挥挥手,说"bye"。

冯凯旋、朱曼玉穿过校园,快走到学校大门口时,朱曼玉对冯凯旋说,这两天你给我卡里打15000块钱,这学期这两个小孩共补4门课,我卡里都快没钱了。

冯凯旋转过脸来,看了一眼老婆,说,啊,要15000块哪?两个小孩哪?

他拖长了语调,因为他心里在想:林磊儿是你的外甥,你自己的义务呀。

朱曼玉显然看出了他心里的犹疑，于是她轻轻叹了一口气，说，那么你就给我打1万块钱好了。

冯凯旋、朱曼玉夫妇才离开校门口，一辆红色法拉利像一道奔放的闪电，掠过沿江大道，驰到了春风中学的校门前，被挡车杆挡住了去路。

保安老朱站在校门旁，这跑车夺目的红色，炫亮到让他眯起了眼睛。他看见车上坐着一个男孩，手握方向盘，戴着墨镜的小脸正在冲着自己笑。

他听见这男孩在说，我18岁了。

老朱没升起挡车杆，因为这车、这人汹涌着一股巨大的浮夸，就像春天里突然空降的强风，扑到了鼻尖，让他反应不过来。

这学生在笑，说，我拿到驾照了。

一张小巧、白皙的娃娃脸，被车身纯正的红色衬得酷帅无比，墨镜已从鼻梁被推到了额前。

老朱这才反应过来，是高二的季扬扬。老朱犹豫了两秒钟，他揿了一下遥控器，挡车杆缓缓升起。

"呼——"，法拉利冲进了校门。然后，它在校道上放慢速度，缓缓前行，像一团烈火，映着两旁碧绿的香樟和桂树，吸聚了这一刻校园里所有的目光。

是那种被惊到云端里去的目光。

想去救"火"的,首先是高二年级组长李胜男老师。

利落短发、素雅淡妆的她,站在办公室窗边微微皱眉,目睹了这团"火"富有冲击力的行踪。

但刚从窗口转身想下楼的她,被人在耳边嘀咕了一句:"应该有驾照了,咱这里又没规定不能开车进来。"

说这话的,是李胜男的同事、物理老师张红。她也站在窗边打量这团拉风的"火"。

这团"火"此刻已在三号教学楼前的停车坪上停下了,被一群闻风而动的学生(主要是男生)围得严严实实,从办公室这边望过去,它就像一头安静下来的火红骏马,被一群嘎嘎叫唤的小鸭子惊艳围观。这是可以想象得到的场景。

李胜男老师回头瞥了张红一眼。张红对她微微笑了笑,轻声说,想想怎么去说呢。

她语调里好像有些高深莫测的东西。李胜男明白她的潜台词:

1.季扬扬比其他同学大1岁,18岁了,估计拿到了驾照;既然拿到驾照了,就能开车;既然能开车,他为什么不可以开车过来;既然学校允许学生家的车在返校日开进校门,他的车为什么不可以开进来?

2.当然,他开的是法拉利。但你想去说他什么呢?都这年代了,有些东西若按以前的说法,人家可能听不进,哪怕是小孩,也得先想想怎么去说啊。

3.这是市委常委、秘书长的儿子,说他,是不是有用?否则,还不是多出来的事吗?

于是,李胜男老师回转过身来,又看了一眼窗外,那团被学生们簇拥着的"火",在她视线里好似飘着妖气,她对张红摇头,笑道,唉,瞧,多宠孩子啊。

张红老师笑笑,调侃道:说真的,那张俊脸,配着这么个大红色的车,还真是青春、好看。

李胜男坐回到自己的办公桌前,备了一会儿课,感觉心里有无数轻尘飞舞,无法静下来。她知道还是因为楼下的那团"火"。

她低头给高二(4)班的班主任潘帅发了一条微信,说,你班季扬扬开了个豪车来上学,如果你要管,想好了再去说。

发完了,又觉得不妥,这是想让潘帅别去说呢,还是想让他去说呢?自己都想不好,潘帅这小子能说得好吗?别笨手笨脚,把事搞砸了。

那干吗发给他呢?

也可能是情绪堵在心里,不舒服。她最近的情绪确实有些控制不了。

她想着潘帅那张懒洋洋的、文艺范儿的脸。这学期,这小子刚接手请产假的杨丽老师,做了高二(4)班的班主任,算他倒霉,班上有这么个奇葩学生。她心想。

她侧转脸看了一眼桌旁的书柜,柜门玻璃上映着她美丽、干练的脸。

潘帅老师压根儿没看见这条微信。

此刻他夹着他的苹果笔记本电脑,穿着半长的军绿色风褛,

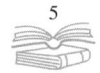

正穿过校园。

　　他是两年前从华东师大毕业后考入这家全城顶级重点中学任教的。作为一名一心想当作家的文艺青年，他可从来就没想过做一辈子的老师。他还年轻，比较随性，一张大男孩的脸庞，配着略长的头发，带着点懒洋洋的文艺神情，所以在他的领导、年级组长、"御姐"李胜男的感觉里，他这透着迷糊劲儿的脸神像极了才睡醒的懒猫。

　　这个星期天的下午，在走进校园之前，潘帅老师其实带着笔记本电脑在学校隔壁的星巴克写他的小说。

　　现在，他注意到了三号教学楼前的动静——那抹夺目的红色，以及那群"叽喳"的学生。

　　他朝着那辆红色法拉利走过去，他认出那个倚着车门、戴着墨镜的男生是季扬扬，那群簇拥着这车的喧哗少年大多是自己班上的学生。

　　他心里有一股奇怪的气息，随着这喧哗之声瞬间升腾上来，这气息锐利，一如眼前这炫目锃亮的车头。

　　这情绪对他来说，其实有些异样。

　　因为以他平时的风格，他对这些比他没小太多的学生，一向很少动气（当然课堂纪律他也是要管的，但要说到对他们有多少情感上的顶真，比如像隔壁班的那些班主任以及年级组长李胜男那样冲着学生痛心疾首、大发雷霆、又哄又劝，他可没有），也可能他入行不久，也可能他还没找到让他感觉舒服的介入方式，也可能他心里有自己的"诗和远方"。

但这一刻,他在走向他们的时候,他感觉到自己在恼火。

他冲着他们大声说,谁开来的?

男生季扬扬向潘帅老师转过脸来,墨镜映衬着他明亮、天真的笑容,他说,我啊。

潘帅老师说,跟我说话,把墨镜拿下来。

声音低沉,情绪却在奔向顶真。

季扬扬赶紧摘下墨镜,说了一声:对不起,潘老师。

男生季扬扬明白这是涉及礼貌的细节,所以乖乖认了,同时他意识到老师不快的脸色是冲着自己身后这辆车来的,于是赶紧解释说,潘老师,我有驾照了,昨天刚拿到的。

季扬扬拉开车门,取驾照给潘老师看。

潘帅瞟了一眼驾照,说,我又不是警察,我不查驾照的,我问你,谁让你开进来了?!

他黑着脸的凌厉声势,一反他平时懒洋洋、随意好说话的样子,令这群少年面面相觑。

四下突然静场,季扬扬感到难堪,几分钟前他还飘在高处,而现在他被人围观了老师对他的不满,他瞥了一眼潘帅老师,说,老朱师傅让我进来的。

这回话里的小机灵,让潘帅心里的火气又向上蹿了一下,他反问这男生:他让你进来,你就进来了?你知道这是哪儿吗?这儿是读书的地方,要拉风,去别地儿。

季扬扬嘟哝道,我没想拉风。

潘帅向围观的学生一摆手，说，走了，走了，你们走了。

于是，那些男生一溜烟都散尽了。

现在车边留下了潘帅老师和季扬扬。潘帅老师说，我平时可不高兴说你，你看我有说过你嘛？因为你跩啊，因为我不想让自己烦心啊，但现在，我说你一次，你给我听着，你要拉风、显摆，去别的地方，这里的学生还单纯着，别影响别人。

季扬扬心想，好像我是坏人一样。

这男孩心里的倔劲在飞快堆积，他甩了一下额前的头发，别过脸去，告诉这小潘老师：我拉什么风啊？又不是我的，我昨天刚拿了驾照，只是想试一下。

潘帅心想，昨天拿了驾照，今天就开了这么个车过来，不是家长脑子进水了，就是你被宠坏了。

他盯着这男孩脸上正一点点透出来的跩劲儿，告诉他，你要试车别试到咱这儿来，咱校门与你这车比，都成了寒门。来这里的都是想好好读书的人，他们需要静心，受不了你这刺激。

季扬扬心里的不服气在冲上来，他告诉这年轻的老师，有什么好受刺激的，街上有的是好车，要刺激早被刺激了，再说，这车又不是我的。

这男生眼神里的轻蔑意味，很深地刺了一下潘帅老师。潘帅老师说，你给我开回去。

季扬扬说，开回去就开回去。

他打开车门，从里面拿出双肩背包，"砰"地碰上车门，往学生宿舍楼的方向走。

潘帅老师一把拉住他的胳膊，说，你现在给我开回去。

季扬扬甩开潘帅老师的手，说，我会开回去的，让我把书包先放回宿舍好不好？可不可以？

季扬扬拎着双肩包径自往前走。

潘帅对着这透着倔劲的背影说：季扬扬，晚饭前你给我开走。

季扬扬走进宿舍楼，走上楼梯，穿过三楼长长的走廊。

他拖沓的步履，微翘的头发，都散发着怨气。他推开306室的门，室友、"英才班"的林磊儿正端着一个脸盆要出来，脸盆里装着将要拿去水房洗涤的衣物。这间寝室共住4位男生，其他两位此刻都不在。

嘿。林磊儿对季扬扬笑道，我看到了，法拉利啊。

刚才林磊儿在寝室里看书时，听到有人在楼下惊呼"法拉利"，他就探头出去张望，看见了室友季扬扬驾着豪车驶过校园的盛况。

现在林磊儿收住往外走的脚步，对季扬扬夸道：挺酷的。

季扬扬说，甭提了，被"小潘潘"批了。

林磊儿端着脸盆走过来，问：是吗？为什么？

季扬扬说，为什么？说我拉风啊。

是有点。林磊儿瞅着季扬扬笑道，呵，不过嘛，他当老师的，也没什么钱，永远也买不起这种车的……

这含糊的话里，有让季扬扬解气的潜台词，季扬扬就笑起来。

在季扬扬眼里，这来自山区的室友林磊儿虽土了点，但确实挺机灵的，自己给他取了个绰号叫"小磊子"，在同学中，这"小磊子"跟自己也是跟得蛮紧的，而自己呢，在这房间里的时候，也需要有他这么个小人儿，比如，作业做不了让他帮一把，说起来他还是全年级最牛×"英才班"的学霸呢；再比如，想买个奶茶、外卖，就请他跑腿去校门外一趟，当然，自己也没欠他，让他跑腿，总是买双份的，一份自己，一份归他，算请他客呀，这也扯平，没欠人情吧。

季扬扬把双肩包往自己床上放，床上还堆了几件待洗的衣服，这个双休日他去了舅舅家，所以脏衣服没带回自己家去。

季扬扬拎起这些衣物，搁下背包，他的嘴里还在对一旁的林磊儿抱怨潘帅老师：炫富？屁，又不是我的车，我爸哪怕当得比市长大，也买不起。车是我舅的，我昨天去我舅家玩，央求他给我试试手，我刚拿到驾照手痒。我舅同意我今天开过来，说好他司机明天过来开回去的，"小潘潘"居然等不及了，非要我现在、立刻、马上开回去……

季扬扬看见了林磊儿手里端着的脸盆，就随手把自己手里正拎着的衣服往里放，说，劳驾哦，谢了。

林磊儿"嗯"了一声。他们习惯了这个。随便洗一下，也不是一次了，有些习惯了。林磊儿本身也是那种特别勤快的男生。

还有习惯了的是，就像此刻，季扬扬转身从自己那只双肩包里掏出十块钱，顺带两包鸭脖，放在下铺林磊儿的床上。

以前林磊儿也推过，说，不要，朋友呀。而季扬扬总是微微皱眉，以不可抗拒的强势说"又没关系的"。仿佛你不收就不是哥们儿，小里小气，让人看不起了。

季扬扬拿起车钥匙，往门口走，去楼下开车。

林磊儿把脸盆往地上放，说，哎，我还是晚上回来再洗吧，洗这么多，等会儿去实验楼上集训课可能来不及。

季扬扬下楼，向三号教学楼走过去，隔着一大片绿色的草地，他看见那辆红车停在那儿，是那么的夺目。

是的，即使远远地看，依然红得那么纯正。法拉利红。真漂亮啊。

远远地，他还看见一个穿蓝色卫衣的男生正凑在自己的车前，一会儿蹲下，一会儿起身，像是在研究这车。

季扬扬走到近处，那男生还没走开，他的手正摸着车门。

这让季扬扬有些不快，加上他心情本来郁闷，他说，有什么好看的？

那男生回头，笑着说，真漂亮。

季扬扬没好气地说，别看了，走开，要不又得怪我了。

如果这男生是季扬扬自己班的同学，他不会这么说话；如果先前他没被潘帅老师一通K，他也不会这么说话。

果然，这男生听闻此言，诧异地站起身，他的手还搭在车上。

季扬扬说，别摸了，赔不起，我也赔不起，告诉你们，不是我的。

这男生扭头就走，说，有什么了不起的。

季扬扬嘟哝道，是吗？如果真觉得没了不起，那还有什么大惊小怪的，神经过敏。

那男生没答他，匆匆走了。

季扬扬想起来了，这是高二（2）班的冯一凡。

季扬扬跟这男生不熟，但有听班上女生议论这人好看。

他没觉得这人有什么好看的，只不过脸像雕刻的一样，没什么笑容的。

季扬扬回头看了一眼冯一凡正在离去的背影，心想，随你去吧，你会不开心，我也不开心嘛。

季扬扬又想起来了，这冯一凡好像是林磊儿的一个什么亲戚，有看到他来寝室找过林磊儿。

季扬扬启动车，顺着校道往校门口开去。

他开启车篷，风和阳光落到了脸上，轻捷的速度感让他心里略微轻快了一些。

他对着跑车掠过的操场说，太背，我以后真的会有钱的，真的会有法拉利的，气死你们。

开到校门口，老朱师傅给他升起挡车杆。

突然，他看见了李胜男老师从校门旁的传达室里出来，向他走过来，微微笑道：扬扬，把车篷合上，这样的雾霾天，我看还是不开来的好。

季扬扬点头，"哦"了一声。

车篷缓缓合上。车"呼"地开走了。

这辆红色法拉利，原本可能只是校园生活中一个夸张、暧昧但又转瞬即逝的花絮，但谁想到，接下来发生的事，却将它演化成了风波中的组成元素。

就在这同一天，傍晚五点半，在男生宿舍楼值勤的潘帅老师穿过三楼走廊时，经过306男生寝室，他探头进去看了一眼，他看到把车开回去的季扬扬现在已经回来了，正靠在床上，耳朵里塞着耳机，在听音乐呢。

潘帅向他点了一下头，这小子没反应，因为他的眼睛瞅着天花板。

潘帅老师就出来，继续往前走。而这时，冯一凡拿着作业本也来到了306室，他是来找表哥林磊儿求教，今天的化学作业他有两道题目没做出来，他的学霸表哥应该会的。

他推开306室的门，见林磊儿没在，房间里只有靠窗左侧床位的上铺有人躺着。

冯一凡问那位同学，你好，林磊儿去哪儿了？

那同学脑袋枕着被子，眼睛朝门口的冯一凡瞟了一眼，说，在水房里洗衣服吧。

哦，彼此都认出来了。彼此瞬间都有些别扭。两小时前不是在那辆豪车旁有过言语冲撞吗？

冯一凡转身出来，往水房走。床上那小子懒洋洋的跩模样让他不舒服。冯一凡走进水房，果然见表哥林磊儿在洗手台前洗衣服。

冯一凡说，林磊儿，我有题目不会做。

林磊儿表示洗完就帮做。

冯一凡看了一眼他面前的脸盆，问他，还要洗多久？

林磊儿说，很快了。

冯一凡瞥见盆里有一件迷彩夹克，觉得奇怪，这不会是表哥的，表哥哪有这种迷彩款的衣服。

他就指着这件夹克，问表哥，你的衣服？

林磊儿微微笑了一下，说，顺手帮同学洗一下呗。

谁的衣服？冯一凡问。他心里掠过刚才季扬扬那牛×、冷漠的表情。不会是他的吧？

林磊儿没回答。

是那个季扬扬的吧？冯一凡突然拔高的声音，让林磊儿有些吃惊，他侧转过脸来，表弟脸上的表情让他觉得有些奇怪，他点了一下头，说，顺手帮他一下。

与话音同时落下的，是冯一凡落入脸盆的敏捷手势，他拎起那件湿淋淋的衣服，转身，夺门而去。

他冲过走廊，冲进306室，把这湿衣服砸向那个靠窗左侧的床位，他说，我靠。

床上的季扬扬被吓了一跳，他一把扯掉耳机，抹了一把脸上的水珠，直着眼睛，看着床前的冯一凡。心想，这小子发什么疯，哦，是我的衣服，干吗，怎么了你？

冯一凡说，我靠，你的衣服还你，你怎么就不能自己洗了？！

季扬扬跃起来，下床，伸手去推火气冲天的冯一凡，说，你干吗，有病吗？

冯一凡指着他说，你才有病！你凭什么要人给你洗衣服？你这是校园欺凌！你这校霸！

季扬扬火冒三丈，说，你才有病，我怎么就欺凌了？

他伸手攥冯一凡的衣襟，心想，你说得多难听，我怎么就欺凌了，他帮我，我又没欠他。

冯一凡可不知道他在想什么，他伸手捏住季扬扬的手，反转手腕，狠狠地将他推开，痛得季扬扬咧了一下嘴。季扬扬转过身，向冯一凡冲过去，两人推搡在一起。

跟随而来的林磊儿，刚进门，竟看到这两人在打起来了，他目瞪口呆，嚷道：别打了，别打了。

这房间里的动静，惊动了隔壁，有同学过来探看，并叫起来：打起来了，打起来了！

如果这一天没轮到潘帅老师值勤，或者说，如果这一刻潘帅老师已经走到另一个楼层了，那么后来的事，还不至于惹成风波；但问题偏偏是这一刻潘老师正好在三楼走廊的那一头，被一个喜欢文学的学生拉住了在谈电影《降临》，所以他听到了306寝室这一头的动静，他疾步走过来。

在潘帅老师疾步走向那两个相互推搡着的男生过程中，已有七嘴八舌的声音在向他说这事的大致起因，说得可能不太准确，但不管准不准确，"一个学生让同学为自己洗衣服"这事儿，让他心里有了火气，这火气与下午的那个火气，在潘帅老师来不及梳理的思维里，发生了对接，他冲过去想分开那两个已扭在了一起的男生，他朝他们推了一把，他的手掌重心落在了季扬扬这一边，季扬扬被推到了床边，头撞在了床栏杆上，"咚"地响了一声。

季扬扬摸着脑袋,惊愕地看着潘帅老师,两秒钟后,他伸出手指,指着潘老师说:你打我。

"我儿子被人打了。"

43岁、身材高挑的商务厅政法处处长赵静当晚七点半赶到学校,她走进校长室,对林校长说:"动手的,除了学生,还有老师。"

这女士穿着一袭咖啡色长裙,化着淡妆,虽处在情绪中,但神色克制、镇定,眼锋锐利。

今晚她对于这事有她自认的谱,所以她不会轻易让它过去。

头发花白的林校长微微摇头,对她笑了笑,说,潘帅老师虽也是小孩一个,有时是有点稀里糊涂的,但动手打学生还不至于吧。

赵静说,我跟你一样几乎不敢相信,这年头哪还有老师打学生的?但他确实动手了,打人了!

林校长说,是你儿子说的?

她脸颊上掠过一丝不快,因为她听出了怀疑的意味。她告诉林校长说,是的,我儿子季扬扬说的,小孩子不会说谎。

她要林校长立即、马上将潘帅找过来,问清楚。

林校长心想,让潘帅过来?这大男孩怎么辩得过她呢?

林校长告诉赵静,这个时间点潘帅老师正在夜自习课上给学生讲题呢,我让他的领导、年级组长李胜男老师先过来吧。

3分钟后,李胜男老师小跑着赶到,她看着赵静、林校长,心里暗暗发紧，果然是季扬扬、潘帅这边有事了。她想到了那辆妖艳的红车。她心想，潘帅那小子别不是因为看了我的微信，就毛手毛脚地找季扬扬谈，结果谈出了情绪……

林校长向李胜男简单讲述了此事疑点。听罢，李胜男老师笑着向赵静走过去，挽起她的手，称她"老师"道：赵老师您别急别急，这事我一定以最快的速度调查清楚，只是现在潘帅与学生们都在自习课上，明天高二就要全区阶段考了，我看这样吧，赵老师您先回去，夜自习9点钟下课了以后，我把那些男生一个个叫来，摸底，查个清楚，然后立刻打电话向您汇报情况。

听李胜男老师说明天还有考试，赵静就只好先回去了。临走前，她表达了这样四点要求：校方必须彻查潘帅打学生行为；潘帅必须当着全班同学的面向季扬扬道歉，小孩被打的心理阴影必须立即消除，否则这个学还怎么读下去；必须严肃处理潘帅，这样野蛮的老师怎么为人师表；高二（4）班必须换班主任，高中这么关键的时段，怎么可以让这么个毛头小伙带班？

赵静走后，林校长、李胜男和闻讯赶来的教导主任贾洪亮开始犯愁：若是潘帅真的打了学生，这就不只是严肃处理的问题，而是开除的性质。

5分钟后，潘帅坐到了校长室的长椅上。他告诉林校长等三位领导，自己没打学生。

林校长问：那么，这孩子和他妈怎么认为你打了？

他垂下眼睛说，可能是下午的时候这男生开来了个法拉利，我说了他，可能说重了，带来了情绪吧，让他觉得我不忿他，拉偏架。

潘帅脸上有迷糊的表情。接着，他对他们讲了事情、情绪的来龙去脉。他讲得有些跳跃，除了"法拉利""洗衣纠纷""冯一凡、林磊儿表兄弟"这些事情、人物、时段的交错，还因为其间有像雾气一样的茫然。他说，我承认我是对季扬扬有想法，尤其今天，但我绝对没想打他。他说，你们觉得我该不该去说他"拉风"？他说，我不该让他把车开回去吗？他说，你们如何看同学给他干杂活……

李胜男老师没留意林校长、贾主任如何作答，因为她还在想自己发的那条微信。

这个一向懒洋洋的潘帅被卷入这事与她的催促有关吗？她瞅着潘帅此刻神情迷糊的脸，心有忐忑。于是，她忍不住插嘴对林校长说：季扬扬到底跟他妈妈说了什么也需要确证，因为当妈的往往会放大小孩的话。

林校长点头，说，我当然相信小潘老师没打人，因为我不希望我们学校出这样的事，但空口无凭，再加上这位家长不是好说话的人，所以，我们要有让她心服口服的证据。李老师，这事你负责处理，今天晚上辛苦一下。

这个晚上，下了自习课后，李胜男老师去了男生宿舍楼，找出了当时目击此事的6位男生。除了林磊儿说当时自己面朝冯一凡因而没看清楚之外，另外5位男生都说得相当明白：潘帅老师没打季扬扬，他推开他俩的时候，季扬扬头部碰到了床栏杆，应该不是有意的。

这让李胜男悬着的心放了一些下来。她让一位男生去把季扬扬叫过来。

季扬扬面无表情，肩上披着件夹克，拖着脚步而来。

李胜男老师问他，扬扬，你说潘老师打了你，是真的吗？

季扬扬摸了摸自己的后脑勺，说，可能吧。

李胜男老师放轻缓声音问，扬扬，你再想想，是床栏杆碰到了你的头呢，还是潘老师的手打到了你的头？

季扬扬说，反正他瞧着我不爽，拉偏架。

李胜男老师说，扬扬，你别怪老师盯着你要你回想这事，如果情况属实，潘老师打了你，那他将会被学校开除。扬扬，像你这样的男生，已经是小男子汉了，懂得承担自己言语的后果。

季扬扬心想，哄我什么啊？

于是，他看了一眼走廊外已安静下来的校园，说，得得得，那算他没打好了，我无所谓啦。

他又支棱着眼睛问，怎么，我妈来了？我刚才是有告诉她这事，因为实在气不过，但没让她来，她怎么又来了？

由于这个晚上时间已不早了，所以，李胜男老师对作为打架起因的"洗衣纠纷"本身来不及细做调查。

冯一凡对李胜男老师的说法是：他（季扬扬）以为他牛×，差人给自己干活，尽欺负老实人。

而林磊儿对李老师的说法是：其实我也就是顺便，我弟冯一凡想多了，季扬扬没强迫我给他洗衣服，他跟我也是比较好的，有时我帮他一下有时他帮我一下，没想太多，要不，雷锋帮人洗衣服也会让人想很多的，李老师，我不想谈这个。

从男生宿舍楼出来，李胜男老师心情略有轻松，她走进了单身教工宿舍楼，敲开了潘帅的房门，告诉他，我刚去男生楼了解过了，情况对我们有利，同学们都说你没打人，季扬扬现在也不确认你有打过他。

她这么说，以为他会松一口气，但哪想到这小子说，呵，随便他去吧，我又没想过一定要当老师。

虽然她平时也认定这小子干不了太久这人民教师的工作，但此刻她得劝他。她说，潘帅，别这么说，这事会过去的，因为情况还是说得清楚的。当然，你自己得吸取教训，这群半大不小的学生可不好搞定，咱不能毛手毛脚，不能情绪比他们还冲，他们顶真起来会抠你每个字眼的。

她还说，当然今天我也少了个心眼，下午发微信给你却没明确给出你具体怎么开导那孩子的指令，让你跌进去了。

潘帅说，我没看到你的微信。

她愣了一下，心想他装傻吧，当然这是好心，可不是嘛，都已经惹事了，那就少牵人进来了，他还懂这个呀。

她看了一眼他永远像是在犯迷糊的神情，心里有对他可能会失去这份工作而生的愁绪。于是她一边往门外走，一边说，潘帅，我这就去跟赵静沟通。

李胜男老师回到办公室，给赵静打电话。

赵静确实在等这个电话，已经等了3个小时了。

李胜男老师放缓语速，以温婉的语调，对赵静讲述了调查情况，包括季扬扬自己的话。

李老师讲完后，她听见电话那头传来了赵静生气的声音："你们这是给我儿子施加了多少压力，让他改口了？你们这是什么调查啊？你们这是精神欺凌。"

李胜男说，啊？哪有啊？

赵静说，这事没有完，我明天过来。

喜 宴

　　这是第二天傍晚，城市的晚高峰时段，街边林立的写字楼灯火通明，映衬着正在转暗的灰红天空，被堵成了狗的马路上，汽车尾灯连绵成一条红色长龙。行人走在春风吹荡的街边，脸上是匆匆回家的神情。

　　与马路上的喧嚣景象相比，这一刻市中心的花园酒店"凯撒宫"内流动着温馨的暖粉色光影，玫瑰、气球、纱幔和前来喝喜酒的人们的欢颜，构成了一场婚宴的喜庆场景。

　　台上，婚礼正在进入"交换戒指"环节。从高处投射过来的一束追光，正落在一身黑礼服、白衬衣、黑领结、翻翘头的冯凯旋身上。

　　哦，应该说是落在冯凯旋身旁的两位新人身上，他们才是今晚的中心，而冯凯旋只是这台上的婚礼主持人。

当然这并不妨碍冯凯旋在心里把自己当作主角,将自己的气场扩张开来,笼罩全场,否则如何去掌控这样一个庞大的场面?

是的,这场面需要他去调度,两位新人是现场的菜鸟,作为主持人的他今晚得领着他俩往前走,依次拿下仪式的一个个环节,翻开人生的新一页。

所以此刻冯凯旋把掌控意识化为嘴里翻滚的言语,让它们喧哗而出,填满每个瞬间,他说——

"心相映,爱相映,春暖花开,爱情芬芳,这一刻你们的姻缘需要证明,你们的爱情需要祝福。李先生,请凝视你面前这个美丽的女孩,她是你今生无悔的选择,请亮出代表幸福、永恒的戒指,为你的爱妻佩戴;金小姐,请你凝视你面前这英俊的男生,他是你今生依恋的港湾,请亮出代表美好、圆满的戒指,为你心爱的先生佩戴。好,两枚小小的戒指,现在戴在了两位的手上,牵系了绵绵的爱情。新郎,你可以吻新娘了,愿这一吻,吻下你们今生永远的约定……"

言语滔滔,套路,美好,消解台上两位新人的拘谨,也遮掩着冯凯旋自己心里的烦乱。

是的,此刻他心里正在烦乱。

因为在他的裤袋里一部手机正在持续地震荡。

其实,今晚从刚开场的那段"灯光秀、主持人独白"起,裤袋里的这部被静了音的手机就开始了震荡。

它像发了热病似的,一直连续地颤动着,甚至让他担心台下是否有人看出了他裤子异常的波动。

谁？有什么事？如此执着地拨打，肯定不是电信骚扰电话。

那么是谁呢？朱曼玉吗？他心想。

对于婚礼进程中突然而至的电话，冯凯旋一向是不理会的（这也是他对这份职业的态度：收了人家的酬金，就得做到该有的规矩），但今天，他的心情却被这手机牵绊，并随着它的持续震动，在心里蔓延成一大片阴影面积。

因为他觉得这一定是老婆朱曼玉打来的。

她如今虽较少打他电话，但若要打的话，就是这样不通不罢休，誓不罢休，非让你接不可。

他了解她的性格，她与香港影后张曼玉同名，但估计影后也演不了她对老公的复杂心态。

所以，此刻他在婚礼台上流利地说着吉利的言语，心里却克制着涌上来的烦乱，腿上则感受着一阵紧似一阵的震动。

妈蛋的，不知道老子正在忙吗？他想。

一直熬到证婚人上台，主持人冯凯旋这才有空当退到台下，在暗处飞快地掏出手机看了一眼，是个陌生的号码。

手机依然在震动。他心想，谁啊？干吗？

感谢这位证婚人刚好是两位新人的红娘，并且还是个爱说笑话的主，他上台后滔滔不绝，在台上一时半会儿讲不完自己牵线的功劳，于是冯凯旋在台下右侧的阴影里，按了一下手机的接听键。

在四下一片嘈杂声中，他隐约听见对方在问：是出版社的冯凯旋先生吗？我是季向阳秘书长的秘书，领导请你现在去一趟春风中学，可以吗？

啥？他反应不过来。他一边紧盯着台上的动静，一边掩着嘴对着手机说，你说什么？我在忙，开会哪。

对方说，你知道市委的季向阳领导吗？领导请你现在去春风中学碰个头。

季向阳？领导？他想起来电视新闻上是有这么个人，但远得跟天边似的。

他心想，他找我？有没搞错？干吗？去我儿子学校？有什么事？应该找朱曼玉去。

对方说，领导让我找你的，我刚刚查到了你的手机号码。

台上的红娘开始证婚了，他真是个好玩的家伙，看样子他也有当婚礼主持人的潜质，还为这证婚环节设计了一个逗趣的机巧。他先问两位新人结婚证有没带来，两位新人一愣，说没有，他就装模作样地表示"没带？那我怎么证婚啊"……

他的耍宝，为冯凯旋多出了几分钟时间。冯凯旋对着手机说，你找我老婆去吧，我在忙。

对方说，那你跟你老婆说一声，请她马上去一趟春风中学。

冯凯旋说，你自己跟我老婆讲，我在忙着。

对方说，我又没你老婆的电话，你的电话我也是刚刚才查到的，你就跟你老婆讲一声去春风中学就可以了。

冯凯旋心想，为什么让我们去儿子的中学？是学校有事呢，还是领导有事呢，还是儿子有事呢？还是有关方面要做什么公众调查、亲民走访?

他对着手机说,我对她可讲不好为什么现在要她去学校,你自己跟她讲。我在忙。

对方虽然有些接不上他的逻辑,但听到了这边的音乐声,知道他在忙,就说,那你把你老婆的号码发我。

台上话痨证婚人的证婚环节已进入收尾部分,冯凯旋飞快地将老婆朱曼玉的手机号码用短信发过去。

然后他跃上台去,继续主持接下来的"浇灌香槟塔、切蛋糕"环节。

没想到,3分钟后,手机又在裤袋里震动了。

他没理它。

一直震,一直震,震到两位新人暂时退场换装、酒宴开始,他才走到外面走廊上,掏出手机一看,哦,是朱曼玉,一连串她的来电。

他皱了一下眉,接听。

他听见她在那头飞快地说话。她说,我正在去春风中学的路上。

她说,你为什么不接电话?赶紧来,赶紧过来,市里领导让我们去学校。

他说,不是让你去吗?我有事,在忙着。

她说,你是不是有病?季向阳让我们家长过去,没事他会派人找我们去吗?他秘书说得有些绕,但我听出来了与咱儿子有关,快点,冯凯旋我告诉你,赶紧来!

等冯凯旋主持完穿插在酒宴过程中的"抢娃娃""献歌""抽奖"等娱乐互动环节，已7点40分了。他飞快地奔出酒店，伸手招了一辆出租车，前往春风中学。

他8点10分赶到了学校门口，没见朱曼玉在，就一边打电话，一边往里走。

电话那头朱曼玉的声音是低沉的，他听见她压低着嗓子在说："你怎么现在才来？我们在男生宿舍楼306房间，你过来。"

这声音让他心里紧起来，儿子有事吗？

一次转折

冯凯旋走进男生宿舍楼,晚上的这个时段,正是自习课时间,宿舍楼道里空空荡荡,没有人影。

有什么事呢?冯凯旋心想。儿子冯一凡平时虽与他少言寡语,但在他的印象里从不惹事。

冯凯旋沿着楼梯往上走,想着儿子的脸,那脸庞就浮现在楼道的暗处——板寸短发,圆眼睛,高鼻梁,青春的神情……好像有些模糊,有些远。

是的,这儿子一向跟冯凯旋有些远。有时冯凯旋朝儿子一眼看过去,竟会感觉有些眼生。当然,这也是自然的,小孩在长大,加上住校,平时确实也不太见得着。儿子一周回一次"丰荷家园"那个房子来过周末,回来也是做不完的作业,即使吃饭时父子俩面对面，冯凯旋也不知说些什么他爱听，即使知道他爱听什么，其实也没这个时间说，因为说话的都是孩子他妈朱曼玉，她说的又都是考试、成绩。是的，一周回来一次，即使争分夺秒地说学习，也说不够。

所以，在冯凯旋此刻瞬间的回想中，这儿子好像有些远。其实这儿子自小就跟他这个当爸的有些远，也可能小孩子都比较"黏"妈而跟爸没什么话说，也可能是因为他这个当爸的没怎么花心思陪小孩玩。而现在，他感觉即使朱曼玉，眼下也未必能跟儿子有多近，因为小孩在长大，长大的小孩是烦妈的，尤其这妈还是个做事主观的女人。

这么想着，冯凯旋心里有不知所措的忧伤。

冯凯旋走进306室。

他吃了一惊，小小的房间里已有许多人在了，老师、学生和家长。冯凯旋一眼看到了他们中的朱曼玉、冯一凡，以及朱曼玉的外甥林磊儿，这外甥初三时为考省城的高中，从南部山区来自己家寄住过一年。

冯凯旋注意到了这屋里气氛明显的沉郁和这些人脸上的心事重重。

而他们看着冯凯旋的眼神，则有些异样，甚至还有人张了一下嘴巴。

冯凯旋立马明白为什么了，他脸红了，因为这一身大礼服、领结、翻翘头，宛若从舞台上下来，确实，也可以说是从舞台上下来。

朱曼玉惊愕地盯着他,然后给了他一个白眼。

冯凯旋刚向他们说完"我是冯一凡爸爸"这句话,就听见身后的门口传来一阵匆匆的脚步声,两个男人进来了。

走在前面的是一个矮个子中年人,他对这一屋子人一迭声地说:"领导刚下飞机,直接过来了,领导这些天原本在广州开会。"

走在后面的是一个瘦长、戴眼镜的儒雅男士,他是季向阳秘书长。

冯凯旋看见这屋里的几位老师(头发花白的是林校长,另外两位不认识,一位短发女老师,一位小伙子老师),脸上都挂着凝重的笑意,向季向阳迎上前去。

季向阳握了一下林校长的手,对这屋里的老师、家长、学生说了声"对不起了,添麻烦了",随后就皱着眉头掠过他们,疾步走到那个站在窗边的瘦高男孩面前,说,知道做错了什么?

男孩是季扬扬,他瞟了一眼老爸,别转下巴,没出声。

他不屑的表情,显然激怒了季向阳。季向阳伸手拉住他的衣襟,说"你怎么回事啊",抬起手就是一个耳光,说,就你牛。

所有人瞬间傻眼,一片惊呆。

冯凯旋看见一个穿银灰色套装的女人尖叫了一声,扑向季向阳,拉住他的手臂。其他人也反应过来,纷纷伸手拉开父子俩。

季向阳甩开他们的手,说,让我教育我这儿子,这小子现在不教育,以后等生活教育他来不及了。

被隔开的父子俩相对而立。季向阳严厉的目光透过镜片,紧盯在儿子身上。一屋人茫然,没人敢出声,不知如何作劝。

季扬扬捂着脸,睥睨着自己的老爸。他这个样子,显然更激怒了他爸。

季向阳指着儿子说,你是谁?你给我说说你是谁?!你以为你是少爷?我们家没有条件让你当少爷。

季扬扬转过脸去,一声不吭。林校长已反应过来,对着这发飙的家长一迭声地说,是我们的问题,是我们的问题……

季向阳没理会林校长,他看到了林磊儿,他走过去,微微探下身,问这男孩:您就是林磊儿同学吗?

林磊儿点头。季向阳问他哪一张床位是他的。林磊儿指了一下。季向阳走过去,拿起搭在床栏杆上的一件林磊儿今天体育课长跑后换下来的运动衣裤,又从上铺儿子季扬扬的床头拎起两件衣物,疾步走向脸盆架,把它们放进一个脸盆,然后一手拿起脸盆,一手指着儿子说,你给我去洗了。

一屋人继续傻眼,季向阳走过来,伸手一把攥住儿子的手腕,拖着儿子往门外的水房走,嘴里说,你给我去洗掉,你爸从小苦出身,你有什么干不了了?!自己动手,给我洗掉。

他对想拦的周围人说,别拦我,我管教他。

季向阳拖着儿子,像拖着一头发犟的小牛,后面跟着一群不知所措的人,穿过走道,去了水房。他当着众人的面,让儿子把衣服洗了。他对着儿子吼,哭什么?洗。

季扬扬是在哭，他的眼泪随着水龙头"哗哗"的声音在脸颊上流淌。他的双手在脸盆里搓揉衣服。

林磊儿对季向阳解释，我只是顺手帮他，他也帮我不少……

季向阳没理会这小孩的话。这事他从昨天深夜起，一直到今天上午，已以他一贯的绵密风格做了调查。

他拍了拍这小孩的肩膀，说，同学，对不起了，这事是我们扬扬不对，我代他对你表示不好意思。你说是顺手帮他，那他怎么不可以顺手帮别人呢，他怎么不可以也学几次雷锋呢，他老三老四，居然知道自己能让别人家的小孩帮他干活，居然知道花钱让同学帮他干活……

林磊儿被乖巧的李胜男老师拉到她的身边。而站在一旁的冯一凡竖着耳朵，听着这些言语里的信息，心有吃惊。他瞥了一眼这群人里的冯凯旋、朱曼玉，看见自己这双爸妈满脸都是茫然的傻样。

冯一凡还看了一眼表哥林磊儿，林磊儿也正好侧转过头来瞟了他一眼，那眼里的埋怨是一目了然的。

潘帅老师站在一旁，面有尴尬之色。他心里也确实在难堪，感觉是自己惹得这小孩今天当众挨了家长的揍。

于是，潘帅老师对季向阳嗫嚅道，算了算了，小孩懂了。

他伸手，想去拉季扬扬浸在脸盆里的手。

可以想到的是，季向阳拦住了潘帅老师的手。

没想到的是，季向阳对潘帅说出了一番道谢的话：这位小潘老师，我今天得感谢你管教这小子，男孩有什么管不得的，就是该严加管教，我们也是这样长大的，请小潘老师以后继续帮我看着他点，打他是对他好。

潘帅老师后退一步，连声辩道，我没打他，没打他。

季向阳又转身对朱曼玉、冯凯旋表示歉意：对不起了，两位同学的家长，我家扬扬让你们小孩受了委屈。

哪里哪里。朱曼玉、冯凯旋连连摆手。朱曼玉说，我们小孩也有问题，小孩子嘛，今天闹明天好，这才是小孩呀，我们大人别放在心上。

季向阳点头，对这位家长的应答好像挺满意。

季向阳见儿子已洗好了衣服，就指挥道，去，把衣服晾好。

趁着季扬扬去走廊里晾衣服，季向阳走向这群人中的一个纤瘦女孩。他微微俯下身，对她说，感谢这位同学把照片拿下来了，这照片虽然没不真实，但有些误导，当然你是不知道的，所以不是你的错，是季扬扬的错。那车不是他的，也不是我的，我们家没有这个车，我们家也没有条件有这种车。

这时冯凯旋才注意到还有一个女生一直在这里。这女生脸色苍白，怯生生地低着头。

季向阳拍拍这女孩的肩膀，对校长说，别怪孩子，是我们季扬扬没脑子，不能怪同学的。

他说完这些，就跟面前的这些人告别，他说着"打扰了、添麻烦了"，就带着秘书往楼梯口走，他死活不肯让跟在身后的林校长、李胜男老师送，他说，留步，留步。到楼梯口，他又突然回头，对身后那位穿着长裙、哭丧着脸的老婆赵静说，你自己开车回去吧,我得先去一趟办公室处理公务,你今晚把儿子带回家去住,这小子晚上咱还得好好教育。

季向阳就匆匆走了。

林校长、李胜男老师对这边的冯凯旋、朱曼玉、冯一凡、林磊儿等大人小孩交代了几句,说:"这事过去了,其实也算不得什么大事,领导处理得很好,到底是做到这一级的领导了,明事理,格局大。好了,这事过了,就当什么事都没有发生过,好好读书吧。"然后,他们带着潘帅老师一起回校长室。

回到校长室后,他们坐下来面面相觑。天哪。他们心里都在想:这事一波几折,峰回路转,从昨夜到此刻,结果竟是如此啊。

原来,这事的转折点发生在昨夜十点半左右,网上突然在飞快地流传一张照片,一辆红色法拉利,配文是:我们季同学的,停在我们中学里,帅暴天。

与所有的网络事件一样,它引来一片惊呼和吐槽——"中学生的?真的假的?""是谁的?哪家的小孩?二代吗?""我也看见了,今天下午在我们春风中学。""校草大人的。""一万点暴击我心。""据说还打架了。"……

最初它出现在微博里,随后在微信朋友圈里被疯传,到晚上11点的时候,它终于被人传到了正在广州出差的季向阳的手机里。传送者是季向阳的好友,他提醒季向阳该留意了。

法拉利?季向阳心想,这是怎么回事?说是我儿子的?这是什么网络啊，造谣成什么样了！

他赶紧给老婆赵静打电话，接通，还来不及开口，赵静先对他一通哭诉，说儿子季扬扬被人打了，动手的不仅有同学，还有老师。

季向阳心里一惊，一询问，"洗衣服""法拉利""表兄弟""小潘老师"这些字眼一股脑儿地向他涌过来，令他头皮发麻，他对着手机那头吼：什么？还真有法拉利！你哥让他开的？让他开到学校去了？有病！把小孩宠坏了！

于是他火速指示秘书：连夜向校方了解此事。

深更半夜接到询问电话的林校长、李胜男老师克制住心里的惶恐，将自己所知的情况向秘书做了讲述。秘书问得较细，尤其侧重问了那辆法拉利。随后，秘书连夜向季向阳电话汇报情况。

季向阳一听心里窝火：去他娘的法拉利，这小子还真给我惹出了这等事，现在网上全是流言，真是有口难辩。

他问秘书：照片是怎么流到网上的呢？

秘书说，从网络口子得到的线索看，这张照片最初来自微博，最先发微博的是一个叫"摇滚猫"的博主，是个高中女生，叫乔英子。

季向阳让秘书以最快的速度请学校联系该女生，请该女生在微博上删除此照，并在微博上做出说明："照片上的车并不是同学自家的。"他还让秘书明天一早去趟学校，对"师生争执""打架""洗衣服"等事再做一次清晰的调查。

结果，今天上午11点钟，季向阳听罢秘书前往学校现场调查后的电话汇报,浑身发颤,立马决定改签飞机票,乘下午5点航班返回,直奔学校,去管教儿子。他打电话给老婆赵静说,你到学校去等我!

而这边林校长、李胜男们也经历了一天一夜的忐忑不安:先是应对季向阳秘书一轮轮的来电询问,随后是展开对女生乔英子的寻找,删照片,做说明……今天一早,又陪这位秘书找到了潘帅、季扬扬、林磊儿、冯一凡及其他男生,一番调查之后,这位秘书面无表情地走了。中午的时候,秘书又电话过来说:领导今晚从机场直接来学校,请你们安排季扬扬及与此事相关的冯一凡、林磊儿、乔英子和若干男生代表一起到场,此外,我们自己会通知相关的学生家长一同过来,领导有他的态度要表达。

虽说经历了一夜一天的这些环节,林校长们对季向阳关于此事的态度已有一个直觉判断(领导嘛,总是一个讲理的人,否则也不会派人对这事做这么细微的调查),但他从广州这么紧急"空降"过来,是想说啥呢,他们无法猜想,因此心有不安。

确实无法想象。可不是吗,刚才季向阳当众怒斥、痛揍儿子的场景,超乎想象到甚至让人心疼他这儿子的难堪。也是啊,毕竟还是个中学生,小孩子呢,总不至于都能从你大人的高度,理解有些东西,包括网络舆情风险。

现在几位老师就这样面面相觑,各自在心里消化刚才的"剧情"。

终于,这寂静让最年轻的潘帅老师有些别扭了,他笑了一下,开口调侃道：这么说来，其实还是那个女生乔英子帮了我们。

林校长心里虽也这么想，但他不会这么说出来。他皱着眉，笑了笑，对潘帅叹了一口气，说，唉，小潘老师，你什么时候成熟呀，这些事原本是应该消除在萌芽状态的，哪能让它们发展到惊动家长、社会的地步啊。小潘老师你需要练啊，好好地练，你该向李胜男老师好好学学，否则，如果隔三岔五地来上这么一出，那咱可没精力对付高考的正事了。

于是林校长当场宣布：从明天开始，年级组长李胜男带徒，这徒弟就是潘帅。

不管潘帅是否心里嘀咕"你怎么就认定我隔三岔五会惹这么一出"，也不管他愿不愿意，从明天起，"御姐"都得对他进行帮、扶、教、带。

这是一个情绪复杂的夜晚。

那边林校长、李胜男老师和潘帅老师去了校长室，这边冯一凡和表哥林磊儿送爸妈冯凯旋、朱曼玉到了男生楼下。

朱曼玉对两位少年说，今天这事儿咱也得吸取个教训，以后咱们离那些公子哥儿、有钱的小主远点，他们不是来读书的，而我们是要靠自己读书的。

路灯光透过树枝，落在表兄弟俩青春的脸上，映出他们洞悉而又懵懂的少年神情。

冯凯旋、朱曼玉让他俩别送了，回宿舍去吧。

林磊儿瞅着实验楼的灯火，告诉两位大人自己要去实验楼。

朱曼玉看了一下手表，劝这外甥说，都快9点了，快下自习课了，磊儿今天你就早些休息了吧，也别太用功了，要劳逸结合。

林磊儿咬着嘴唇笑了一下，说，我的书包还放在那儿呢，我要去拿回来。

他就噔噔地走向实验楼。

留下冯一凡看着自己即将回去的爸妈，他准备转身上楼。

朱曼玉朝儿子伸出手去，想摸摸他的额头，她问，有没被那小子打到？

冯一凡避闪开妈妈的手，说，没，我哪能被他打到，好，你们回去好了。

他把手放在胸前向爸妈摆摆，意思bye。

朱曼玉挽起老公冯凯旋的手臂，对儿子笑道，呵，一凡要不你送送爸爸妈妈到校门口吧。

冯一凡想了想，"嗯"了一声，就跟着爸妈往校门口走。反正也不远，200米左右。

朱曼玉挽着老公冯凯旋的手臂往前走。冯凯旋问她今晚这事的前因后果。其实对这事他还在云里雾里。

于是，在这段200米的路途中，朱曼玉一边告诉他，一边心里克制着巨大的不耐烦。她想，你听得明白吗，你感觉到了这件事里那些最令人不快的东西了吗？你感觉到了对咱小孩的刺伤吗？有什么好说的，有什么好问的，瞅你这傻不拉儿的样子，你啥时为你儿子费过心了，费心的人根本不会让自家的小孩出这种洋相，小孩子心里有什么想法你知道吗？你有注意到那个扬扬妈妈的眼色吗？那是个惹得起的女人吗？社会上都是这样的厉害角色，像你这样的，为子女奋起直追都来不及，而你还懒洋洋的，扶不起的鸵鸟……

朱曼玉挽着老公冯凯旋的手臂，像这个年纪所有关系亲密的夫妻，走在安静的校道上。跟在后面的冯一凡，其实心里也涌动着不耐烦，因为妈妈嘴里正在讲述着的"法拉利""摸车责怪""洗衣""打架"等事因，虽简洁，但附带上了她一向的主观臆想式判断，这判断的基调是先把别人想成不好的，虽然他也没觉得季扬扬有多好，但显然也不是坏人。冯一凡想纠正她，但想到可能会吵嘴，尤其想到这还是在自己的校园里，那会多可笑，他就紧闭嘴巴，鼓起腮帮，尽力让那些声音飘不进耳朵。

朱曼玉挽着冯凯旋的手臂，走到了校门口，她回转过头来，对儿子说，好了，一凡，妈妈爸爸回家去了，你回宿舍吧，把今天的这事忘记，这个双休日你回家想吃点什么，妈妈给你准备。

冯凯旋将自己的声音插进她连串的言语中，他对儿子说，一凡，爸爸这星期六得带你回爷爷奶奶家，去看看他们。

冯一凡对妈说了声"随便"，对爸说了声"哦"，向他们摆了一下手，说了声"bye"，就回转了。

朱曼玉挽着冯凯旋的手臂出了校门，回头看了一眼，儿子走没影了，她就甩开老公的手臂。

她想对他指出今天这事让她心里生出的犀利看法，但她克制住了，因为她明白对他说了也白说。

她又瞅了一眼这老公，他穿这么一身正装来这里，也算是出尽洋相。好可笑啊。

于是她说，呵，你穿得这么漂亮，可不会是刚去相亲了吧？

冯凯旋扬了扬下巴，说，相亲？呵呵，有没搞错，我不是还在婚内吗，你说我可以去相亲了？

朱曼玉嘴角掠过一缕讥讽的笑意，说，你还明白这点，那就谢了，bye。

她转身走向马路左边自己停着的那辆车，启动，开车走了，去离这儿很远的城东"丰荷家园"的家。

冯凯旋走向马路对面的公交站台，准备坐18路车，回到自己租住的城西雅安小区一间一厅的单身公寓。

冯一凡站在校门内侧的桂树阴影里。

他注视着妈妈那辆远去的小车，以及爸爸穿过马路的背影。

他脸上有讥讽的表情。

其实他早知道爸妈分居了，而他们还以为他啥都不知道。

别演了，装啥呢，他心想，现在不是更证实了吗？！

在天台上

中午时分的校园里,冯一凡吃完午饭,从学校食堂出来。

今天风大,天空是难得的亮蓝,阳光明晃晃地落在操场上、校道上,树叶上,衬着他心里隐约的一缕阴影——这些天,这阴影似乎一直在心里摇曳,影响着他的情绪。

他知道它来自什么。

冯一凡穿过篮球场,往教室走。几个高一男生在篮球场上打球,一只脱手的球滚过来,到了冯一凡的脚边。他俯身,拍了一下,篮球弹起来,他运了几步,远投,球应声落网,好运气。

那些男生向他笑,问他来不来。他摆手,说要去做作业。

等冯一凡走到教学楼前,他又改了主意,向左转,穿过一小片樱树林，走进了实验楼。

这幢实验楼是春风中学最高的建筑，12层。冯一凡坐电梯到了顶层后，顺着通往天台的狭小楼道，往上走。

他猜林磊儿这一刻可能在天台上，因为刚才在食堂里没见到他。

冯一凡知道，自己的这位表哥平时特别喜欢来天台这边背课文、看风景，这里又高又静，一般没太多人上来。

天台上，此刻阳光满溢，一览无余。

冯一凡眨了一下眼睛，果然见林磊儿坐在天台最上面的空中花坛边。远远的，听见他在朗读英语课文的声音。

这声音很好辨认。因为发音里有南部山区人的口音。

林磊儿是3年前从南部山区转学过来了。

那年春天，林磊儿患重度抑郁症的妈妈突然自寻短见离世，闻讯赶去的他小姨，也就是冯一凡的妈妈朱曼玉，面对这尚小的外甥和在山里种香菇的姐夫，泣不成声，经权衡，将他带到了这座城市来上学。

朱曼玉这么做，是为了给外甥林磊儿换个环境，希望他尽快从失母的阴影中走出来，同时也寄望他能冲击本省最好的重点高中，考上名牌大学，改变命运，就像当年她自己从山区出来一样。

转学而来的林磊儿，先是在小姨家住了一年，插班初三，发了狠心地读书，结果第二年中考不负众望，与表弟冯一凡双双考入春风中学。而一年高一读下来,他的成绩远超冯一凡,蹿到了全年级的前列,被选入春风中学最牛的"英才班"。

对林磊儿来说,在这座城市,如今他最亲的人就是小姨一家,而在他的老家,爸爸还在山上种香菇。

嗨。现在,冯一凡对着天台那头的林磊儿叫了一声。

林磊儿回过头来,阳光下,眼睛眯缝着。

吃过饭了吗?冯一凡问。

林磊儿"嗯"了一声,然后就回转过头去,低头继续诵读。

冯一凡一边走过去,一边说,没吧,我在食堂没看见你。

林磊儿嘴里喃喃地念着英文句子,没理会表弟的话。

冯一凡走到林磊儿的面前,说,不吃饭,会饿的。

林磊儿没抬头,嘴里继续念着。

冯一凡听见这英文里,夹杂着一句嘟哝——"又不饿,早上吃得多。"

冯一凡摸了摸自己的脑袋,找话,说,你在太阳地里看书啊,视力会越来越差的。

林磊儿不置可否地"嗯"了一声,仍没抬头。

他这勉强的情绪,在茂密的阳光下,呼应了这几天来冯一凡心里无措的那片阴影。

是的,这几天,无论是在宿舍楼,还是在教学楼,还是在食堂里,冯一凡都感觉到了他对自己的冷淡,爱理不理的,而他对别人,则仍是他一向的谦卑温和。这令冯一凡忐忑:他怎么了?

还在生气?

昨天冯一凡故意去向他请教一道化学题目,得到的也只是他匆匆的作答,而无太多的表情和说话的兴致。

现在冯一凡站在表哥林磊儿面前,尴尬地看着他背书。

冯一凡一声不吭地看了一会儿,终于强作调侃,问,林磊儿,你这两天是在对我实施"冷暴力"吗?

林磊儿没笑,说,没有啊。

头依然没抬起来。

还没有?冯一凡说。他抬起腿,将一只脚踩到花坛的边框上,瞅着这个比自己大了3个月、矮了10厘米的瘦小表哥,心里有懊恼在涌上来。他说,你已经好几天不搭理我了,我又不是不知道。

林磊儿抬头看了他一眼,说,你想多了吧,我可没这个心思,马上要考试了。

我知道为什么?冯一凡说。

林磊儿没响。

冯一凡说,是因为那天的事让你丢了脸,但,现在我对你说"我对不起了",行不行?

林磊儿被阳光照耀着的脸上,掠过一抹别扭的神色,他说,丢脸?我有什么脸好丢的?

冯一凡心想,你成人家的小工了,还不丢脸啊?你尽管装吧,你不丢脸,我丢脸。

冯一凡当然不会这么说出来,他只说,不好意思,是我把这事给捅出来了，但我不是有意的，我以为他欺负你了，对不起好不好？

林磊儿皱眉，轻声说，什么了不得的事了？！

在冯一凡的眼里，他这反问也很装，于是，冯一凡不由自主地抬高了声调，说，让人知道了你没钱而他出钱让你帮他干杂活呗。

林磊儿脸红了，他飞快回应道，我是没钱，这没什么不好意思的，难道我有钱？谁都知道我没钱，我家没钱，我爸是种香菇的，我怎么会有钱呢？这又不用装。我不在乎这个。

林磊儿平时说到"有钱没钱"也都是这种调调，冯一凡对此是熟悉的，但此刻这言语却让他懊恼，他心想，你说你不在乎别人怎么想，但你又怎么那么在乎我让你丢了脸？一连几天给我脸色看，你就不知道你的脸色有多难看，真想拍下来给你看。

我哪知道你拿他钱。冯一凡大声说。

林磊儿从书上抬起眼睛，说，我压根儿没想要他的钱，是他非要给的，我不想太见外，因为我想跟他交个朋友。

交个朋友？冯一凡伸手挡了一下照在脸上的阳光。这阳光从空中这么直落下来，很刺眼。冯一凡想起来了，有天中午表哥手拿两杯饮料从自己身边飞奔而过，自己伸手想夺过一杯，表哥说"不行，不行，帮扬扬买的"……

林磊儿将视线转向了对面的那片楼宇，说，冯一凡，我告诉你好了，即使他不给钱，要我帮也就帮了。我本来就一农民小孩，在家也是干活的，我在班里也是抢着给大家做事的，顺手给人洗件衣服,这又有什么关系呢,我也需要有"被需要的感觉",懂了吗?不是你想的那么贱。

冯一凡感觉他说这话的样子还是有点贱。怎么说呢。

冯一凡就对林磊儿说,你需要"被需要的感觉",但也没必要把自己降到像个小工的谦卑份上,这样看着都受不了。

林磊儿心里的火气在加剧,他想,别把人想傻了,就你聪明?

他转过脸来,对冯一凡说,那是因为我对他们也有"需要感"。

林磊儿黝黑的小脸上有激动的神情,他把手里的课本往地上一丢,从花坛边站起身来,伸出手臂,指给冯一凡看朝东的那一大片如同丛林的楼宇,说,看见了吗,这座城市,它多大啊,可我跟它没什么关系,如果非说有,那也只有我跟你、你妈、你爸的关系。这意味着什么?意味着没什么关系,所以,冯一凡,我是来这儿读书的,也是来找资源的,我的资源在哪里,冯一凡你说?

冯一凡没回答,林磊儿说这话的样子让他眼生,因为有些端着,他平时不这样说话。

林磊儿没等他回答,摊了摊双手,自己说下去:现在,我没有,Nothing,但是我有我的同学,全城最聪明的同龄人、最有资源的同龄人都在这里,所以我说我需要他们,因为他们就是我明天的资源,谁让我们是中学同学呢?

林磊儿打量着远处的城市,说,所以我现在就得跟他们交上朋友，我需要他们，也需要他们对我的需要感，否则光是我需要他们又怎么成为朋友呢？

冯一凡听懂了，这好懂，但听着好像有些怪怪的，尤其是表哥这样一个瘦小的、可怜巴巴的人儿说出来。

林磊儿转过脸来，瞅着冯一凡说，所以，你们别叽叽歪歪的，冯一凡，你们懂什么啊？就你们聪明，就你们全都对，就你们会可怜我，我最讨厌你不问清楚就替我做判断的样子，就要为我出头的样子。我是你哥，我最讨厌你可怜我的样子，我最受不了你看不起我的样子，我最受不了你跟那些人这几天其实在讥笑我的样子，我是不是给你丢脸了……

他这堆涌过来的话语，让冯一凡一阵晕眩，林磊儿还从没对他倾倒过这样强劲的情绪。

冯一凡嘟哝道，我哪看不起你了？我只是觉得憋屈，哪怕"需要感""被需要感"都对，那也还是太憋屈了，在那些你想交上朋友的人面前，低人一截似的，说得不好听点，奴颜婢膝。

如果这不是他的表哥，他不会急不择言说"奴颜婢膝"这词。也可能他潜意识里，确实是觉得这乡下来的表哥这些天让他在同学面前丢脸了，所以心里有怨。

果然，这刺到了林磊儿。

林磊儿瞥了他一眼，说，哈，奴颜婢膝？你文科好，懂这个词，那你说说，你还有什么更高端的姿势？！你高端你离我远点。

我什么都没有。冯一凡说着，转身悻悻然地往天台出口走，心想，再说下去要吵了，还不如不上这儿来找他。

他走到台阶那儿，忍不住，还是任性地顶了一句：得得得，恭喜你交上了某某某优质资源。

林磊儿回应道：还需努力。

"季扬扬可能缺了个书童，你去做好了。"冯一凡克制住自己，没让嘴里冒出这句话，他只对这瘦哥哥大声说：中饭还是得吃，你现在该去吃饭了。

林磊儿觉得这表弟真不懂事，他克制心里的烦乱，将视线对着城市辽阔的天际，而没转身去看冯一凡正在离开的背影。

天台上阳光猛烈，迎面的风也很大。

林磊儿对着林立的楼宇和远处的天际，大声喊了一句：喂，我在这儿。

这声音在天台上嗡嗡回响，楼道里的冯一凡当然也听见了。

借 钱

下着雨的傍晚，冯凯旋从单位大门出来，听见有人叫了自己一声"姨父"。

他转过头去看，哎，是林磊儿。这男孩穿着绿色校服，撑着雨伞，站在门边，小小的脸上挂着笑容，雨水顺着伞面在往下流淌。

冯凯旋说，哟，是磊儿，你在等我？

林磊儿点头，说，嗯，姨父。

冯凯旋心想，这不太寻常，他从学校到这里来找我，也不知他等了多久了。这个时间点，他应该在春风中学食堂里吃饭。

冯凯旋赶紧把他拉到门庭内侧，问他找自己有啥事。

林磊儿看着姨父，小声说，姨父，能向你借钱吗？我以后工作了再还你。

冯凯旋很吃惊，说，磊儿，多少钱？有什么事吗？

林磊儿说，4万块。

冯凯旋更吃惊了，他睁大眼睛，说，啊？磊儿，发生什么事了？

林磊儿就告诉姨父，想去参加"苏菲英语·一对一培训"，报名费4万块钱，68节课。

这瘦小男孩眼睛里有希冀的光亮。而冯凯旋则被一片迷惑席卷，于是他问了第一个问题：怎么这么贵？必须要参加吗？

林磊儿告诉姨父：是我自己想学，因为英语是我的短板，还因为班上有好几个同学在参加"苏菲英语·一对一培训"，英语成绩上升得很快。哪怕像同寝室的季扬扬，别的功课很差，但买了"苏菲英语"的培训课在上，他的口语和听力进步神速，我能感觉出来，很见效的。

冯凯旋点头，但他心里有第二个迷惑，这迷惑甚至让他有些心跳，于是他问：磊儿，平时这样的事你总是问你小姨的呀，今天你怎么来问我呢？

他心想，别不是因为你看出来了我跟朱曼玉"分"了，AA制了？

林磊儿表情认真地说，姨父，我是想借钱，不是要钱，因为这不是一笔小钱，所以我想借，以后要还你的。

这让冯凯旋更纳闷了，也更惶恐了，心想，这小孩可能是看出来了，要不怎么不向她借，而向我借，还区分得这么清楚呢？

冯凯旋装傻,笑着说,磊儿,你应该向你小姨借,我们家是你小姨掌管经济大权的,你向我借与向她借其实是一样的,因为我也得向她说呀。

林磊儿脸上依然是认真的表情,他微微摇头,说,姨父,小姨是我小姨,是女的,想事情比较情感化的,我向她借,她一定会以为我这是想向她要钱,她不会理解我是真心想借这笔钱,她会犯难的;而我们是男的,男的跟男的谈这事可以比较商务。姨父,我只是想借,因为我现在需要培训,但现在我没钱,以后我长大了,工作了,我一定还,否则我也不好意思向任何人要4万块钱啊,这只能是借,我懂的。

林磊儿观察着姨父的表情,他说,哪怕姨父你跟小姨说,也比我跟她说更说得明白,这笔钱是借,以后我长大了会还的。

听他这么说,冯凯旋心里略微放下了一些,他有点明白了这小孩的逻辑。但他不会这么答应,一则4万块钱不是小数字,自己一下子要拿出来也不容易;二则如果他林磊儿这边要买这个"苏菲英语"的课,万一冯一凡那边也要呢,这就意味着8万块钱,那怎么拿得出来?三则,他还是17岁的小孩,让这么个小孩欠自己钱,情感上怎么说都受不了;四则,也是更主要的,自己跟他小姨都要分了,这无论是借钱还是要钱,都是多出来的事,自己没有这个义务,并且现在多了这事,万一让他看出来了自己跟他小姨其实"掰"了,万一他又透露给冯一凡,那可不妙。

于是,冯凯旋看了一眼雨水中的城市,对林磊儿说,磊儿,姨父懂你想有借有还,懂你是小男子汉了,不想让别人为你负担太多，但姨父手头也没这么多钱可以支配，你还是跟你小姨商量吧。

冯凯旋注意到了林磊儿失望的神色，他理解他的情绪，这样的雨天，鼓足勇气跑来借钱，是因为在他的天地里他感觉别无他途，所以想试一试。

冯凯旋看着对面马路上拥堵的车辆，对林磊儿说，磊儿，城市里这么大，人与人的路不一定都一样，你成绩已经很好了，以你现在在春风中学学到的外语水平对付高考已经够了，如果还想再求完美深造，咱们以后到大学里再想办法，好不好？别人家有条件，我们家有两个小孩在读书，经济压力是大了一点的。

林磊儿对这结果心里有准备，所以他乖巧地向姨父点头，说，我懂了，谢谢姨父，我会加油的。

林磊儿就向姨父告辞，他挥挥手，转身去乘公交车，回学校。

冯凯旋看着他瘦小的身影消失在雨天街头的人流中，心里的惶恐再次升上来：这小孩来向我借钱，而不向他小姨借，真的不是因为看出了我跟他小姨"分"了？

这个男孩长着一双明亮、聪慧的眼睛，前年从山区转学而来寄住在冯凯旋"丰荷家园"家里的时候，这双眼睛就时常让冯凯旋不安，因为这眼睛里有那种属于寄人篱下的小心翼翼和察言观色的东西，它真没窥出大人世界里的某些苗头吗？

每一个小小的秘密

课间十分钟,有经验的老师只要站在窗口,把目光投向那群嬉闹着的学生,他常能一眼判断出他们中的哪一位最近有事了——脸上有事,心里有事,包括家里有事。

李胜男就是有这种经验的老师。

此刻,她正好在对"徒弟"潘帅老师说这个经验。

"首先是直觉,那张脸浮现在一群单纯的孩子中,会显出来,很明显,它不开心,不快乐,让你有这个直觉。"她说。

这是校园的午后。一周的年级组例会之后,她把他留了下来,进入对他的"帮扶教带"时段,也即"敲打时段"。

林校长不是有要求吗,凡学生中的麻烦事,都要发现在"萌芽状态"、消灭在"萌芽状态",这就需要有洞察力。

"只要一眼,就看得出来。"李胜男说着,扶了一下眼镜框,小巧的黑框眼镜,配着短发,额前挑染了一缕时尚的银发,简洁而锐利。

刚才她批评了他上周的N种粗心表现。

潘帅老师面前摊着笔记本,心里在想今晚要去咖啡馆见一个出版社的编辑,那人从北京过来组稿,豆瓣同城好友们约他去会会……

李胜男哪知道潘帅有点走神。他定定的眼神,让她还以为他对这"观察术"有兴趣呢,她继续在讲:当然,还有一些细节可以观察,比如平时较安静的小孩,言谈举止突然变得有些攻击倾向了;又比如,平时活跃的小孩,突然不说话了……比如我感觉冯一凡最近就有点问题……

潘帅耳朵里飘进了"攻击倾向""冯一凡"。

他收了一下神,心想这男生上星期与季扬扬打架,差点把自己惹进了麻烦。此外,这男生虽不是自己班上的,但作文不错,作为一个理科生,比自己所带的高二(4)班里那些文科生都写得好太多,上学期语文组传阅过他写在周记里的一篇《魏晋风度论》,洋洋洒洒8000字,一众老师都觉得此人该去读文科……

冯一凡怎么了?潘帅老师瞪起眼睛,问她。

李胜男就知道这小子走神了,她用手点了点桌面,说,我只是随手向你举个例子,我是说,这男孩最近就可能"有事",这两天我有注意到他,这是直觉,不信你也留意下。

他有暴力倾向?潘帅问。

那倒没有,上次与你们班季扬扬打架也是偶然的。李胜男老师说,最近也没同学来汇报他变得爱打架了,我的这个感觉主要还是来自于他这几天课上的、课间的神情,小孩子不会装,不开心,有心事,是一目了然的,另外,他最近成绩下滑得蛮厉害的。

你有问过他原因了吗?潘帅问。

李胜男说,还没有,因为我还没想好怎么问,也可能他不会说,也可能他自己都不知道,但我准备问。潘老师,对于这些少年,观察是一回事,怎么去问也是一回事。哦,我跟你说到他,只是随手举个例,不是说在这群同学中他是问题最大的。

李胜男老师跟潘帅老师说这话的时间是午后,结果到下午第3节自习课时,就有学生来办公室向李胜男老师汇报冯一凡的情况了。

来汇报的是高二(2)班女生白云,这高挑女孩是班长,也是学校学生会副主席,平时与李胜男老师来往较多。

白云没反映冯一凡有暴力倾向了,也不是来说他自闭了,而是递给了李老师一张纸条,说:李老师,冯一凡早自习课时在写诗,同学在传看。

李胜男老师往纸条上看了一眼。《小小的欢乐》——

在课桌之上
脸庞之上

我彷徨在一条路的起点

我疲惫在一条路的途中

我寻找奔跑的理由

寻找那一点点小小的欢喜

……

李胜男老师微皱了一下眉头,心想他没向女生递纸条吧。于是,她问这尽责的班长:他影响纪律了吗?

那倒没。白云笑了笑,摇头说,他静静地写诗,周围同学都在争分夺秒地复习,他静静地出神,写诗,很怪的。

李胜男老师点头,她知道这班上有不少女生喜欢这男孩,帅,运动型的,有文才,班长白云好像也是"迷妹"之一,她这么跑过来反映他早自习写诗,是希望老师劝他学习抓紧吧,确实,他最近成绩下滑厉害,谁都注意到了。

李胜男老师问白云,除了写诗,他还有什么情况?你知道他有什么不开心的事吗?

白云摇头,说,不知道,除了上星期与隔壁班的季扬扬打了一架,其他还好呀。

李胜男老师往窗外三号教学楼的方向看过去,高二(2)班在三楼的正中间。她让眼前浮现冯一凡寡欢的面容,这男孩平时虽也不太爱笑,但最近却像被蒙在一层若有若无的阴霾中,以她犀利的视线,这在一群哪怕都是灰头土脸、忙于应试的学生中,也是触目的,明显的。

李胜男老师又看了一眼手里的诗稿，心想，他写诗，想宣泄什么堵心的东西，这小孩？

她对女生白云说，好，你帮我把冯一凡叫过来。

趁着女生白云去叫冯一凡的这段时间，李胜男老师从电脑里调出了冯一凡高一至今的学习档案。

她发现，高一上学期这男生还考过全年级第12名，随后就一路下滑，到本周的综合考，竟考到了全年级第387名，也就是说退到了后100名，尤其是数学、物理、化学，均不及格。

她想，他家长在想什么，在忙什么呢？这次综合考的成绩还没传给家长，如果他们知道了，会如何反应，有何对策，找到原因在哪儿吗？

她对着"387"这数字，心里将那张似有心事的少年脸庞定格，她将她的猜测飞快地朝往一个指向：他家长最近是不是有啥事？情感上的？在闹离婚吗？

以她这些年阅学生无数的经验，这份猜测不可避免，因为时下太过普遍。

是的，这时代什么都会变的，大人情感生活的突然变数，早已见多不怪了，但是，其代价、波澜会一分不少地还到你家小孩的身上，你可能无暇顾及，你小孩可能装不在乎，但每天面对他们的老师，却只能照单全收这些半大少年是如何因此突然间像换了个人似的种种不安。那种懵懂、执拗、脆弱，让人忧愁。你看多了，就会懂。

李胜男老师于是想起来，上周有见过冯一凡的家长，在男生楼306室。

她想，两口子好像还挺恩爱的，应该没事吧，那个收拾得蛮利索的妈妈朱曼玉，平时其实也时有电话过来询问儿子的学习情况，也表达过对儿子成绩下滑的忧心，还打听过能去哪儿补习，看上去与那些对子女成绩上心的妈妈们也没什么两样，她自己应该没什么事吧。哦，对了，她问冯一凡的同时也总是问到林磊儿的情况，两男孩是表兄弟嘛，这后一个，读书可不用太操心，这次考到了全年级第7名，是一心一意读书的小孩，冯一凡怎么不向他这哥学学？

李胜男老师盯着电脑档案里冯一凡的照片，寻思着这些线团。

而在她另一层的思维里，这个帅男孩，其实确实是一个掉落在理科班里的文科生。

5分钟后，冯一凡来到了李胜男老师的办公室。

他稚气未脱的脸上有拘谨、不安的表情。每一个学生被老师突然找来办公室谈话，脸上通常都有这样的忐忑之色。

绕过一个女老师准备做一个男生思想工作前的各种铺垫，5分钟后，李老师开问，冯一凡，你最近是不是有什么事，不开心吗？

冯一凡瞅了李老师一眼，其实他有预感老师的问话方向，他心想，我是不开心，但好像不用告诉你为什么。

他"嗯"了一声，挑了一个理由，最省得说清的一个理由，他说，不开心，是因为考得不好，越来越考不好。

李胜男老师接受了这理由，但她想要挖下去，她看着他微垂的眼睛，说，有什么原因吗？冯一凡，你高一刚开始的时候还是不错的，这一阵怎么退步得这么厉害？

冯一凡心想，退步是因为不开心，不开心就不想学，至于为什么不开心，你说哪有这么多开心。

他脸前晃过妈、爸、表哥的脸，都让他心烦，而又放不下。他心想，哪能告诉她，也说不清啊，说清了也丢脸。

他嘟哝道，对那些题目没兴趣了，越来越没兴趣了，补课，考试，补课，考试，没什么兴趣了。

李胜男接受他的说法，这是普遍的，平时问那些成绩下滑的男生，他们也是这样直接说的，这是真实的，一个个小孩，从小学五六年级起一路补课、考试、补课、考试地过来，撑到高二、高三这个阶段，有兴趣的不会多了，有真正阳光笑脸的也不多了，尤其到高三，就更少了。

李胜男老师怜悯地看着他，伸手拍了拍他的手背，告诉他，再撑一下，冯一凡，人家也都在撑，熬过去，高考过了就好了，这阶段不顶住太可惜了。男孩要有意志力，要加油哦，冯一凡，要让自己开心起来，学得越苦的时候越要让自己开心起来，越要让自己有信心。

她平时也总是如此劝那些突然表现出对读书、考试没兴趣了的男孩子。

冯一凡微低着头，向班主任李胜男老师点着。

李胜男老师又问,家里还好吗?没啥事吧?

冯一凡面容平静,说,好的。

李胜男老师问,听说你早自习写诗,以后不要写了,到大学里去写吧。

这也是中学老师们和家长们说话的一贯套路,在他们嘴里,那大学就像一扇门,什么有趣的事、轻松的事、风雅的事都留到那里去做吧,而现在,只有读读读,考考考,跨进那个门。

冯一凡心里虽这么在想,但他对李老师点头。

突然,他又抬起眼睛,说,李老师,我要读文科。

李胜男老师一愣,冯一凡重复道,我不想读理科了,我想去文科班。

这,其实不是李胜男老师能管到的问题。

作为老师,对于学生是学文还是学理,她只能给建议,而不能为他做决定,因为决定权在他家长那儿。而家长们考虑得比较多的是现实因素,比如,以后就业、出国是否容易什么的。

李胜男老师瞅着面前的这男孩,说,上学期分班的时候,你和爸爸妈妈没选文科班,现在都已经是高二下学期了。

她的意思很明白,这需要你爸妈同意,而且现在有些晚了,你那时候怎么不想清楚呢?

冯一凡知道这话的意思,他说,那时候我妈没让。

李胜男老师说,那么你现在想转文科班,你爸妈会同意吗?

冯一凡点了点头,又摇了摇头。

他那茫然的样子,让李胜男老师有些同情,因为她在心里也认同他其实该读文科。

但她不会说出来,作为老师,她直觉他的这主意不由他拿,他爸妈那儿过不了关,都高二下学期了,冒险了。

于是她劝他:你以为读文科容易?其实也不容易,如果以为对理科没兴趣了,转文科就会有兴趣,那是逃避,文科不好读,好专业录取率比不上理科,不信你去问高二(4)班文科班的潘帅老师。

冯一凡微微梗着脉子的样子,像一个实际年龄更小的小孩,透着执拗之气。

说到了潘帅,李胜男老师突然心想:也是,让潘帅给这男生讲一讲,他们文科班的学生学得也并不轻松,同样也需要意志力,需要刻苦到底的。

她对冯一凡说,好吧,我让潘帅老师找你,给你分析一下,你现在是否适合转去他们班学文科。

接下来的一天,潘帅老师真找了男生冯一凡谈了心。

作为一个生性略散漫、追求自己文学爱好的小年轻老师,潘帅心底里就没觉得改文科有什么了不得,人总得学自己喜欢的东西,本质上说,没错的。

甚至在与冯一凡的交流中,这男生对古典文学的积累、对当下许多文化话题的兴趣,还感染到了他,看这男生的样子,还真的蛮适合读文科的。

所以说到后来,潘帅老师甚至动心了,他想:不就是怕现在改专业考不上好学校嘛,但以他现在的理科成绩,考理科也考不上好学校,与其这样,还不如让他学点喜欢的东西,人在少男少女的阶段能有点自己喜欢的东西不容易,有的人过了这个阶段,一辈子都没什么喜爱了……

在潘帅老师自己还不算太久远的中学时代,他也有这样的经历。好在他当医生的爸妈都比较随意,随了他去做他不靠谱的文学梦,而没强求他当医生,虽然可惜了他们自己在医务系统积累的一堆人脉、资源,无法为他如今这个中学老师职业做顺风顺水的助推。

潘帅老师对冯一凡说,如果你真这么想转文科,而且也有下苦功的心理准备,那么我跟李胜男老师再商量一下看,看看可行性到底如何。但在正式决定转科之前,你还是一心一意读好你现在的理科。

接着,潘帅老师去向李胜男老师汇报谈话情况,他说,我愿意去找他家长谈下,帮他试一试。

李胜男老师虽然很诧异,但也想笑,心想,呵,你这人确实太嫩了点,你没哄住那小孩,反倒被他劝回来了,那好,你再去炼吧,再去跟人家家长聊聊。

她就对潘帅说,也好,你就去试一试吧,看看冯一凡家长对换文科的态度。

她这样答应他,当然前提也是这男生还真的更适合读文科。

她又对他加了一句,说:也算帮我去家访一次,看看这孩子家有什么情况,小孩心里还有没闷着的事?

好的。潘帅老师往门外走。他注意到了她今天换了一副枣红边框的眼镜,配着额前那缕挑染的银发和紫红休闲毛衣。

他心想,这人如果说话不那么端着,就会更好看一些。

潘帅老师刚走出李胜男办公室的门,迎面遇上突然来访的季扬扬妈妈赵静。他心一紧,心想,怎么她又来了,有啥事?

潘帅赶紧将赵静迎进李胜男的办公室,让她对付她更好。

赵静对着他俩笑,说自己是来申请儿子从学校搬出去住的事。

她说,我在学校对面的"书香雅苑"租了一个房子,我准备让季扬扬下星期就搬出来住。

申请住到校外去,这其实也不算是什么特别的事,如今很多重点高中,本来就允许高二以上的住校学生由家长安排,在校外租房住,这是因为一则学校晚上熄灯时间早,高二高三复习迎考,作业量大,很多人来不及做;二则不少家长见小孩读得辛苦,体能消耗大,所以想在夜自习后,给小孩煮点东西吃,这可以理解;三则有些学生在宿舍里太用功,关灯了还在背书,天还没亮就爬起来做作业,影响到了室友的休息,也打乱了各自的节奏和心态……所以学校允许他们在外面租房住,当然,学校也建议:住在外面的学生,最好得有学生家长陪住。

对赵静的申请,李胜男、潘帅老师当然会同意,他们听到赵静在说她的理由,理由有三:

1. 季扬扬是个特别的小孩,这个特别,不说大家也是明白的，这是客观存在，没有办法，所以，在这最后一年半的时间里，不想让他影响到别人，也不想让别人影响到他。

2. 现在的有些小孩也是懂得太多，围着他转，什么目的都有，而我家扬扬比较简单，无意中踩进什么坑都不知道。

3. 现在的住宅小区、购物中心乃至月子中心，消费人群都在迅速分层，不管情感上你愿不愿意，这好像不以人的意志为转移，只有在这学校里读这点书，各个家庭是混在一起的。怎么说呢，这里是有悖论的，这方面我们也是有教小孩的，但咱们也得明白，哪儿都做不到绝对的真空。真空也不真实啊，哪怕对于小孩，我觉得，重要的不是让他们感觉没差别，而是得让他们学会如何面对与自己不同的差别。唉，人若想不通这一点，那么这些年都是怎么过来的呢，但没办法，人就是有想法，结果就变成好像是我们小孩的问题。两位老师啊，有了上次的教训，我们还是离得远点，少引发点情绪化，平平安安过了高中这个阶段，以后送他去留学。

这女士确实能说。潘帅老师感觉这最后一点是她说给自己听的。

家 访

潘帅老师告诉冯一凡自己准备去他家家访,帮他跟他爸妈沟通一下关于转文科的想法。

啊?家访?冯一凡眼睛里闪过惶恐,他心想,还真的要去说啊?朱曼玉不会肯的,我对你们说要学文科,是因为你们盯着问我为什么成绩不好了,为什么不开心,这是一个理由呗。当然,我对理科没兴趣了这也是真的,我想学文科也是真的,但不开心可不全是因为这个。

冯一凡对潘老师摇头,说,啊,我爸妈都不太靠谱,他们不会同意的。

潘帅没注意到冯一凡的态度与昨天找他谈心时有些不一样,因为潘帅此刻正沉浸在自己的想法里。

他对冯一凡说,老师跟他们沟通一下,我相信,有些信息会让他们再考虑一下的。

冯一凡知道学生是拦不住老师的,无论你耍什么心眼。于是,他就心想,那随你吧,如果朱曼玉同意了,算你本事大。

他对潘老师说,潘老师,你就跟我妈沟通好了,我家都是她说了才算的。

他把妈妈朱曼玉的手机号码抄给了潘老师。他又说了一句:比较起来,我爸更不靠谱。

若干天后当潘帅老师想起这话时,他才能理会这其中的意味,而现在他还不明白。

两天后,星期四的夜晚。

站在世景大酒店"月亮厅"婚礼台上的主持人冯凯旋,正以自己嘴里一连串澎湃的华丽语句,引导一对新人进入人生新单元的时候,很不幸,他裤袋里的手机又突然震动了。

然后,持续地震动,不依不饶地震。

什么鬼?他心想,准是朱曼玉,Go Die。

不理它。就你这女人的事重要?人家是在结婚,一辈子的事!他心想。

何况,今天的婚礼进程也不是太顺畅:这边手机震动干扰着主持人情绪,那边的香槟塔在新人倒酒时突然倒了。

哗啦啦,杯子一个个滑下来,滚落在桌面上和地上,碎了一地,香槟流淌。

台上的新人都快哭了,台下的来宾也傻眼了。

冯凯旋心里虽也乱了，但他向着这狼藉的场景，以及正准备冲上台来帮助收拾的亲友们伸开手臂，说，且慢，且慢，我们让这美好的香槟酒再流一会儿，我们让这"砰砰"的杯响之声，应合我们心里对于岁岁平安、永远幸福的心动。

他感觉气氛已经有点被救过来了，于是，心里略微镇定下来，他把手臂伸向台上呆立、无措的两位新人，抬高声调，让热情洋溢到他们面前。他说，看，这酒向前漫延，向前漫延，向前漫延，它与新人的幸福、善良一起向前漫延，漫向各位亲朋好友们，让所有人一起分享幸福……

"好——""说得好！"台下掌声雷动。

一直到酒宴开始后、娱乐互动开始前的空当，冯凯旋才从裤袋里掏出那部像装了雷动马达跳个不停的手机，一看，果然，是分居的老婆朱曼玉。

他接听，没好气地说，你说。

他听到朱曼玉在那头责怪他怎么不接电话。

她说，你在哪？你赶紧去咱"丰荷家园"，快去，老师来家访啦，来不及了。

他说，我怎么知道老师今天要来家访？你又没告诉过我。我现在赶不过来，有事。

他心想，你早不说晚不说，临时通知，那你一个人接待就行了，你不是总嫌我说话不对路吗？你不是哪次家长会都没让我去过吗？现在倒要我配合了？

朱曼玉在那头说,我在去苏州的高铁上,公司在那儿有点财务问题,让我连夜过去。

冯凯旋一愣,一边看手表,一边心算了一下接下来的娱乐互动环节还有多少时间,至少还有40分钟。

他埋怨道,朱曼玉,那你干吗不早说?今天白天的时候你怎么不说?

他听见老婆在那头说,老师是前天来电话约的家访,约的是今晚8点到家里,没想到今天下午的时候,我们公司在苏州有突发状况,我忙了一下午处理,还没搞定,就跟着领导、同事一起上了去苏州的车,这才想起来晚上还有家访,估计老师已经在来的路上了,你赶紧过去,知道吧。

冯凯旋放下手机,拉过一旁的喜果婚庆公司婚礼督导宝生,对他说,我儿子老师突然来家访了,我老婆不在家,我得赶紧回去,后面的互动环节,得请你帮着顶个场。

婚礼督导宝生是个胖子,原先也是主持人出身,他见冯凯旋脸上的着急神色,就答应了,他随手拿起音控台旁一个超大的粉色喜糖礼包,塞进冯凯旋的手里,说,冯哥,你去吧,互动环节我简单做一下。

作为跟各类主持人都打过交道的婚礼督导,宝生最服冯凯旋的一点是:这人虽是个业余的主持,正经工作好像是在一家出版社上班,但在婚礼台上,却仿佛自带火焰,能扛得住场子,刚才香槟塔那段的快速应变不就特牛×吗。

宝生还知道这人是喜果婚庆公司老板李星星的中学同学,做婚礼主持人这份活儿,是兼职。

所以,对宝生来说,这个忙,好说,只是待会儿自己替他上场,得想个说词向来宾解释一下,这也不难,因为平时也有过,有套路的。

冯凯旋手里拿着那个硕大的"凯蒂猫"造型的喜糖礼包,打了个车,直奔城东的"丰荷家园"小区。

"丰荷家园"那套两室一厅的房子,是冯凯旋跟朱曼玉结婚那年按揭买的,82平方米,放在今天,可买不起了。若按今天的价,已经到400多万了,好大的数字,只是自己住着,也不觉得自家有这钱,还是没钱人的感觉。

自己住着的房子是家,而不是钱,只是,"丰荷家园"那房子还是不是家呢?

冯凯旋看着车窗外掠过的街道、楼宇,夜色中的万家灯火,心里想着这恼人的问题。

没错,那房子现在是朱曼玉平时一个人在住,只有在双休日和各种节假日,他才回去跟她住一起,当然,这是演给儿子冯一凡看的戏码。

若算一下,儿子冯一凡看这戏,也已看了两年了。

因为分居是从前年他上高中住校后开始的。

这两年来,冯凯旋、朱曼玉平时各住各的,双休日回家演戏。他俩的感觉是,这出戏演得还行,至少到目前还没破绽,若论演技,可以当影帝影后了。

当然，这出戏也快演完了，再熬一年，明年等儿子高考后，就可以跟他好好说：爸妈要分手了。

辛辛苦苦演这出戏的目的，你懂的，说了谁都懂的，谁让咱是中国人呢。中国人家里若有一个高中段的小孩，你做爹妈的自己那点事儿就往往比鸿毛还轻了，因为高考就横在面前，得先让道。

所以，你现在怎么可以跟儿子交这个底呢？交底就意味着有可能搞砸，小孩心态、情绪若被搞砸，致使高考考砸，那可是一辈子的事。

所以，朱曼玉咬牙切齿地对冯凯旋申明：你要住出去就住出去吧，越远越好！但如果泄露了，穿帮了，我跟你没完。

冯凯旋心想，你还跟我没完呢，你不是早想完了吗，我们早完了。

是的，是早完了。

结婚后，就感觉不太搭。

不搭到仿佛每一阵风过，都能引来争执，吵到儿子都高中生了，还没磨合好，反而磨出了彼此间的鄙视和相互折磨，于是都累了，想定了：分了吧，因为不快乐，因为三观好像就从没同过。

是的，三观不同。

本来，不同就不同嘛，又不是有了小三，同床异梦，放这年头，没小三，没婚外恋，仅因三观差异闹离婚，这认知境界是不是高了点？都17年过下来了，如三观不同，给对方不同的空间就得了,人家夫妻也不是三观都对上了才能过下去,过日子嘛,又不是做学术。

说是这么说的,但在冯凯旋看来,朱曼玉可不是这样的性格,这女人在外面文文弱弱、好说话,但在家里,她的心急劲儿是有侵略性的。比如在家里这女人永远在批评他,永远在责备他,训他,以致使她自己像一片情绪的乌云,令他每次回家进门前,对着房门,都要不由自主地深吸一口气然后才进去,如同进去面对自己每天在这生活中的对立面。你说,有啥意思呢?

这些年在她的责备声里,他能感觉到她那份透彻的瞧不起。

这瞧不起,又催生了她对这个家、对他、对儿子,在这个飞奔社会中对未来处境的心急。她对他的指令,随着他的拖延和缺乏行动性,而具有了"扶不起"的痛感,并强化了她情绪上的侵略性,于是,在争吵中烘托出了三观的差异。

比如她认为他没什么用,做什么都做不好,在出版社别说没混上去了,甚至都没站住,反而从一个编辑沦为了一个校对。

其实从编辑变成校对,这也是有原因的。他对她说明:我是部队转业的,因为在部队时会写写画画,所以这才被安排到出版社,这放在十几年前转业那会儿是相当不错了。这些年我也没不尽力呀,但现在你看看单位里进来的年轻人都什么学历,硕士博士海归,现在又都是电脑、新媒体什么的,差距是有的……

她犀利地说,你们单位的小毛,原本一中专生,如今怎么是部主任了?夏伟也是转业的,他进出版社比你还晚呢,人家怎么是副总编了?

他承认人家会折腾,会卡位,位子卡对了,后面的平台和机会就不太一样。不过,人与人本来就是不一样的,夏伟能喝会说,会交朋友,卡的是发行位,而小毛是做印务的,每天往印刷厂跑,能拉得下脸来管质量,工厂的人怕他怕得要命。

朱曼玉最恼火的就是但凡自己有看法,他都有借口。

她尖锐地提出:这年头没人跟你找理由,这年头人自己往前奔都来不及,巴不得你有一堆理由磨蹭在后面。这年头傻子都看得出来,人除了做事,还得会来事,会跟头儿沟通,而不是窝在角落里当乌龟。

她说,这年头就这么点资源,哪儿都要拼的,要去经营的。

他心里也承认她有的地方说得对,自己在职场也待了这么多年了,很多事也看得明白。但他讨厌她对自己的尖刻腔调。而且,关键是,自己也不是夏伟、小毛那样的人。

他说,我就是这样一个人,说真的,跟你在一起我已经改变很多了,我可不想再改变了,因为做不到,做到的话那也不是我了,如果你不喜欢,那你找对象的时候怎么不看清楚点?

她说,我只能承认我那会儿有病。

他说,做校对又怎么了?如今做编辑,套路跟以前也不太一样了,有选题压力、盈收压力。就目前看,我做校对蛮好的,安安静静,有规律,旱涝保收,我觉得心态还是轻松的。

这句话被她逮住把柄,她说,旱涝保收?这么点钱,还好意思讲旱涝保收?这年头人要怕累的话,就别活了,怕累只会让自己落到更累的层级,你想轻松、休闲地过,谁不想呀,你有啥资本吗?你有没想过你儿子以后可能会吃到的苦,你不拼,你不往上去,儿子只能吃你的苦,你这人……

她的话就是这样伤人,他冷笑:我怎么就不努力了?我怎么就不尽责了,我怎么就对儿子的事不上心了?你怎么就认定我让儿子落到下游社会去了?说话别吓着自己,既然你那么会拼,你自己去拼呗,凭什么天天像灵魂导师训我。

朱曼玉白了他一眼,说,我天天在拼,天天在公司忙。

他说,你拼也不就这层次,也没到哪个层次呀。

她说,你不拼,你连这个层次都不一定有,不就变成校对了吗?

她不想跟他多说了,其实她拿他没办法,他不是蔫,而是跟他说什么他都不会做的,你可以说他懒、随性,也可以说他扶不起,没能力逼自己,反正说不清。

她说,你是不是男人?我感觉,你就一小孩,从小被宠坏了,永远不会大了。

他说,那我就走人呗,我感觉你们的生活也确实不需要我。

现在坐在出租车上的冯凯旋晃晃头,想把老婆朱曼玉的那些话语随吹进车窗来的风,丢到脑袋后面去。

他想,老师来家访,难道儿子又有什么事了?

冯凯旋赶到"丰荷家园"自家楼下,见一个小伙子已经在楼下单元门前等着了。小区昏暗的路灯下，他穿着浅色的休闲西装，牛仔裤，背着单肩包。

冯凯旋说，对不起，是老师吧？

你是冯一凡爸爸吧？小伙子问，眼睛里却有惊异的神色。

没错，与上次一样，冯凯旋穿着的全套大礼服、发胶造型的翻翘发型，高大上到几近突兀，让人吃惊。

小伙子的惊异眼神，让冯凯旋脸上热了一下。刚才是从酒店直奔过来，他来不及去雅安小区单身公寓换衣服了。他向他点头。

小伙子也认出了这是冯一凡的爸爸，上次见过，也穿成这样，几乎可以直接去巴黎听歌剧了。

小伙子笑了一笑，说，我是潘帅老师。

冯凯旋一手拿着那个粉色"凯蒂猫"，一手从口袋里掏出门禁卡，刷开单元门，带着潘老师上楼。到了3楼自家门前，他从皮带上摘下钥匙包，"叮叮当"，钥匙在手指的挑拣中碰响着。天哪，一瞬间，他脸色突变。

我靠。他嘟哝了一声，说，钥匙没在。

潘帅老师看着他手里捏着的钥匙包，纳闷道，这门的钥匙没了？

冯凯旋嘟哝了一声，被没收了。

被没收了？潘帅问。他有些傻眼了，他不知道这男人在说啥，只知道自己刚才在楼下已等了半个钟头，而此刻又进不了屋了。

冯凯旋反应过来,准确地说,他是对刚才自己脱口而出的这句话反应过来,他脸上别扭了一下,瞅着面前这小伙子,笑了,低声说,被没收了,嗯,女人脾气大,被我老婆没收去了。

潘帅不可能听明白,只感觉这男人的脸上有开玩笑的萌趣表情。

冯凯旋笑着摇头,然后用一种已婚男人向没阅历小伙透露人生诀窍的表情,瞅着潘帅说,你以后会懂的,女人是情绪化的。

他看潘帅一头雾水的样子,就解释道,我老掉钥匙,每掉一次,防盗锁就得重换一把,我老婆心疼钱,一把防盗锁得100块钱,所以前天在我又掉了一次钥匙之后,她干脆不给我钥匙了,说我的钥匙归她管,或者说我的钥匙被她没收了,她说反正每天下班回家是她早。

他的应变能力,可不仅仅在婚礼台上。

在走廊暖黄色的灯光下,潘帅老师看着这衣冠楚楚,手里还拿着一个可笑的"凯蒂猫"的学生家长,觉得这人画风比较好玩、滑稽,不知是干什么的,就说,哦,这样啊。

冯凯旋对潘老师继续摇了一下头,说,你看看,哪想到今天她临时出差,她自己居然没想到这点,唉,女人真要命。

他没说假话,这女人对于他来说确实要命,此刻尤令他恼火。

但他说的关于"没收钥匙"的前因,则是一派假话。

真实的原因是这样:

虽然这最近的两年里,他除了双休日等节假日回这儿来"演戏"而平时不住这儿,但偶尔,他也会为了拿什么东西回来一趟,比如某本书,某件衣服,毕竟在这屋里住了十多年,总归有些东西突然要用,得来拿。

他来拿东西一般是晚上,有时朱曼玉已经躺在床上看电视了,他俩会潦草地打声招呼,当然,有时也会说两句必须得交代的事,有时也会再吵几句,有时她倚着床头、头发蓬松的样子,也会让他脸皮发厚,强行突破,犯规,她有时也会让他得手一次,因为他说得理直气壮:给点人道好不好,犯规是正当需要,我还在婚内呢,总不能犯到外面去,那才是犯罪,犯规说明我正常,正常的才有需要……

她有时让他犯规成功,有时则比较厌恶,这取决于她在他此次犯规之前看他是不是特别不顺眼。比如,前天晚上,他来拿一个U盘,又犯了一次规,就让她很嫌恶,因为她在这之前暗示他,儿子冯一凡还得再增加一个化学强化补习班(这意味着要再花8000块钱),他没太多反应,所以,在他犯规过程中,她的情绪没有,只觉无趣、讨厌。事毕,趁他去了浴室,她一把拿过他长裤皮带上的钥匙包,摘了这房门的钥匙,她对着浴室大声说:冯凯旋,你以后少来这套,没兴趣,我恶心,你的钥匙我没收了。以后你夜里少闯民宅,你平时用不着这把钥匙,周末我从来就比你回来得早。

现在两个男人站在三楼的楼道里,进不了屋。

冯凯旋说,要不我们去楼下,在附近找一个地方坐坐。

潘帅老师点头,就跟着他一起下了楼。

这是个老小区，周边没有咖啡馆、茶馆，也没有酒店大堂，甚至没肯德基、麦当劳。冯凯旋带着潘老师找了一会儿，也没见适合坐下谈事的地方，他只好指着小区门前的小广场，说，只有那儿了，你不介意吧？

小广场中央一群大妈在跳广场舞，外围有一些石座椅。

年轻的潘帅老师当然不会介意，此刻他心里急着需要向这位学生家长表达的是：一个人这辈子有爱好、特长这是多么难得的事，我们得让孩子学他喜欢的东西，做他适合的事。

他俩坐在石椅上。对面二三十位大妈在跳着《大花轿》，"我嘴里头笑的是呦啊呦啊呦，我心里头美的是唻个里个唻……"

冯凯旋突然发现自己手里还攥着那个"凯蒂猫"，他就把它递给潘帅老师，说，给你，喜糖。

喜糖？潘帅吃了一惊，他本能地推拒，说，我不要。

冯凯旋非往他怀里塞，说，喜糖不能不要，甜甜的，沾好运，生活需要加点糖。

也许是30分钟前他还在台上，所以这会儿他一不留神就冒出了主持腔。

这让潘帅觉得有些怪怪的，想笑，更想笑的是，这学生家长非把这不知从哪儿弄来的喜糖往自己手里塞，而且是这么夸张、卡通的一个"凯蒂猫"，有点傻乎乎的，蛮搞笑。

潘帅想，我又不是小孩，还有，这算是送礼吗？

所以潘帅一边笑，一边推，说，不要不要。他又瞅了一下眼冯凯旋的衣服和发式，说实话，这喜糖跟他这穿得像新郎官的样子倒是挺配的。

冯凯旋见潘帅老师不肯拿,就"啪嗒"打开喜糖礼包,说,好,现在吃。

他拿出一颗,递给潘帅。潘帅只好接过。

"太阳出来我爬山坡,爬到了山顶我想唱歌……"对面的广场舞大妈们在变换队列,举着手臂,齐刷刷地起舞。潘帅嘴里含着糖,开始对这学生家长讲述自己关于冯一凡转文科的想法。

他一边讲,一边吃惊地发现,做这家长的思想工作一点难度也没有,因为这家长不仅认同自己的观点,还不停地帮着强化、提炼。比如这家长说,一辈子这么短,我们自己都不见得做自己喜欢的事,我们更得让小孩做他喜欢的事;他还说,我完全同意,如果他喜欢文科。只有喜欢,才能work hard,才能出彩……

冯凯旋如此认同,甚至让潘帅老师都忘记了跟他分析如果现在转文科,可能面对的风险,比如时间紧了;也忘记跟他探讨这一风险,与"以他儿子目前状态考理科多半考不上好学校"这一可能性相比,做哪一个选择更划算;甚至忘记了跟他描述他儿子最近在学校的情绪疑点,以及从家长这儿了解家里有啥别的原因(这可是那"御姐"交代的)……

潘帅老师发现,他们讲得更多的、更投入的,还是关于"爱好""冯一凡的爱好"以及"当下中国少年读书功利与乐趣的悖论"。就像两个男人做男人间的谈话,是奔往高度去的。

在这个过程中,潘帅老师说了一句:小孩眨眼间大了,不是小孩了，他有自己的喜爱、想法，你不能永远帮他拿主意，指令他选择，这会让他感觉压力，伤到他，让他没劲，没兴趣。

潘帅明显感觉到了，这话好像进入了这家长的心里去了，因为他瞅着自己的眼睛里，突然浮起了一层雾气。

然后，潘帅见这男人以他今晚最严肃的表情说，潘老师，好的。小孩子一转眼大了，小孩妈平时管得比较多，处处在管，替他拿主意，这是有负能量的，因为孩子其实不再是小孩子了，我懂，老师说得极对，我同意让冯一凡自己选，他想读文科就读文科吧。

晚上九点半，潘帅老师骑着自行车往学校去，他心里在想：嘿，冯一凡，我搞定了。

夜色城市，一路华灯怒放。

潘帅的车篮里放着一个大大的"凯蒂猫"，他眼前闪过这个晚上冯凯旋富有喜感的举止。

他想，这人是魔术师吧，魔术师才穿成这样，好像刚从台上下来。

反 转

第二天中午，李胜男老师从食堂吃完午饭回到办公楼，看见有一位女士在办公室门口等她。

这女士身材纤细，面容清秀，披着染过的齐肩深棕色头发，穿一件米色外套，背着一个不知真假的GUCCI小包。她对李胜男说，李老师，我是冯一凡妈妈。

李胜男也认出了这是朱曼玉，心想，我原本正想给你打电话的，想不到你自己过来了。

确实，李胜男原本想今天下午给她打个电话。这是因为昨天潘帅家访回来汇报说"家长同意的，蛮同意的"，还随手递给她一个"凯蒂猫"。李胜男看他轻松搞定的样子，心里就有些纳闷，怎么？家长这么快就定了？以前也遇到过高二下学期、高三上学期吵着要转专业的学生，家长一般都会纠结、犹豫个几天再做决定，而且决定一般都是不转，这冯一凡的家长倒是短平快的。接着，她又听潘帅说冯一凡妈妈出差去了，他是跟冯一凡爸爸做的家访。她当时就心想：要不明天再给他妈妈打个电话，确认一下，毕竟平时为孩子成绩跟学校联系得多的也是这个叫朱曼玉的妈妈，等跟妈妈打了电话后，再找冯一凡谈吧；然后再着手安排具体事宜，转科也不省事，需要插班，需要对冯一凡进行史、地等科目的补习，毕竟文科班的同学已经读了半年多了。

果然，这事可没这么稀松。

现在，朱曼玉在对李胜男老师说，我问他爸老师来家访说了什么，他说是儿子从理科转文科的事，他说儿子喜欢文科，他同意了让他转文科，我听了都傻了，这都是什么时候了，风险太大了……

她说，他爸这人不靠谱，我这么出一天差回来，都乱了套。

作为一名理性干练、阅家长无数的年级组长、物理老师，李胜男绕过了面前这女人此刻纷乱的情绪，因为情绪于事无补。她打开电脑，调出冯一凡的成绩表，然后，接过昨天潘帅没做完的家长思想摸底工作，对冯一凡妈妈继续工作。

李胜男指着电脑，先对朱曼玉研究了她儿子成绩下滑的轨迹线，然后，又对她复述了那天她儿子坦然承认的学习失去了兴趣的状况，以及他对文科的喜好。

朱曼玉盯着这成绩下滑的曲线，在周围一片拔地而起的线条中，这向下滑行的它显得如此悲凉。她泪水夺眶，呢喃道，怎么滑得这么厉害？这小孩怎么了？老师怎么办？

其实最近一段时间以来，每逢学校发来考试成绩，朱曼玉在电话里也有问过老师自己儿子怎么退步了，但此刻，面对这张具象的图表，她感受到了PK的残酷和直观的冲击力。

她脸上一片迷惘和痛苦。

但，谁都看得出这改变不了她的主意，即，她不会贸然同意儿子转文科的。

她说，不行，他得读理科，他理科原本蛮好的，他只是这山望得那山高，读文科也不容易啊。

她说得也没错，李胜男也认同。因为谁都无法保证冯一凡转文科就一定能学得出色，这主要还得取决于这孩子的意志力和心态，这比选择更核心。

于是，李胜男老师将话题拉回到最初她对冯一凡忧心的起点，毕竟，比起成绩下滑，他最近的神情与状态更让她疑惑、忧心，其实这转科的念头也是因此而生发出来的。

于是，李胜男老师向朱曼玉描述最近冯一凡课上、课间的走神情况，包括早自习写诗，她说，也可能，对功课有兴趣没兴趣还是表面的，小孩还有小孩别的原因。

是的，从教这些年来，她有她的直觉。所以，她说得比较直接。

朱曼玉脸上弥漫惶恐，她支棱着大大的眼睛，问李胜男老师：怎么办？李老师，小孩一刻间就长大了，有时候我们也不懂他，有些心事他也不会主动说的，怎么办，李老师？

李胜男同情地看着她苍白、瘦小的脸，心想，我也不知道，我也没当过妈妈哪，我还没结婚呢。

她当然不会这么说出来。她告诉这个面容疲惫的女人，这个年纪的小孩，是有点麻烦的，我感觉你们得多花点心思，看着他点，他不说，你们也得旁敲侧击啊。

朱曼玉点头，说，看着他点？是的，都到这高考的节骨眼了，我和他爸是昏了头了，自己一忙，大意了。

李胜男老师说，我建议你们多陪陪他，比如像有些家长一样，在这学校附近租个房子，他下夜自习课后，你们跟他住一起，陪陪他，也好给他鼓劲，让他在这严酷的考学氛围之外，每天有个可倾诉的地方，感觉到温暖。毕竟这是关键时刻，很多家长也这么在做的。

租房？朱曼玉点头，她眼睛里有恍然大悟的神情。她说，好的，我懂了，这提醒太重要了，太感谢李老师了。

妈妈的攻略

冯凯旋坐在出版社编务部大办公室的格子工位里,这个下午他在校对一本书稿,《沸腾的创业潮》,这是由地方政府出资、将在下半年某高峰会议上亮相的书,所以是不能出差错的。

一个下午他找出了8个错别字,5处前后文不一致的提法或数字。他还发现了一处领导讲话的引文有问题,经核对,他把它圈出来,并做了修正。这让他这个下午有些成就感。他的工作其实就是挑错。

4点多钟的时候,他搁在桌面上的手机"嘟"的响了一下,是短信。他拿起看——"我在你楼下,你下来一下。"

是朱曼玉发来的。

她来了?冯凯旋皱眉,心想,她来这儿干吗?

他起身往办公室门外走,走到电梯口,正好看见印务主任小毛从电梯里出来,小毛对他笑道,大冯,我看见你老婆在楼下,今天难得嘛,好久没见她过来了。

冯凯旋知道他说者无心,就笑了笑,"嗯"了一声。

确实,以前有一段时间朱曼玉是常来的,比如,来拿他单位发的东西,或者带儿子来蹭饭;而再以前刚结婚那阵,她来是侦察他身边的女同事,看有没"狐狸精"的风险……而最近这两年当然就不来了,这出版社里的人当然不会明白为什么,还以为她忙呢。他们对朱曼玉的评价是气质沉稳,有内涵,确实像是做财务工作的。对此,冯凯旋在心里冷笑:做财务工作的另一面你们可没见着,就是会算,人一会算,就心焦,就尽埋怨人,以为什么都是她才对,还沉稳哪,双重人格吧。

冯凯旋坐电梯到楼下,果然见朱曼玉穿着一件棕色毛衣站在大厅里。

她的眉目间有些怪表情。在冯凯旋眼里,那是一片恼人的乌云。

啥事呢?冯凯旋心想,肯定是为昨天家访那事吧,估计是去过学校了。

昨夜潘老师才离开,她的电话就从苏州追过来了,问老师说啥了。冯凯旋冷笑了一声,告诉她,你让我把老师晾门外了,我问你钥匙呢?!她这才想起来,慌了神地问,那你怎么弄的呢?他没好气地说,我让老师坐露天,看广场舞,吃喜糖。他发现"喜糖"说漏了嘴,不过她的注意力没在这上,她的关注焦点是老师反映了咱儿子啥情况？冯凯旋就把儿子想转文科、自己也同意他读文科这事告诉了她。她在电话那头像被电了一下，断然说，啊？别天真了，现在转怎么来得及，再说，我不想让他读文科，我明天一早从苏州回来，去趟学校。

现在，冯凯旋向大厅里的朱曼玉走过去，并向她做了个手势，领着她走到大厅尽头廊柱的后侧，那里稍避人耳目。他怕等会儿万一两人吵起来。

这儿可是他的单位呢。

她凝重的神情，让他确信她去过学校了，而事情未必如她所愿。

他想错了。

事情正是以她的意志进行了。因为她告诉他：我跟老师说了，我们不转文科。

他问，你问过儿子了？

她说，还没，这不由他。

他瞅着她，说，你就不能顺小孩一次，顺顺他的爱好？

他这眼神里的鄙视，自从分居后每逢话不投机就越来越不加掩饰，让她心里莫名其妙，并且恼火。她心想，你懂什么，对儿子你啥都不操心，对现在的考试行情、规则你一点功课都不做，才说出这等外行话。

于是朱曼玉对着这空静的大厅，微微冷笑了一声，告诉他：爱好？这是小孩子不切实际，最近几次考试考砸，畏难了，心血来潮，这山望那山，考文科就容易了？都高二下学期了，不可以的。爱好？他这小孩哪懂，生活可不顺着你的爱好，若想靠爱好吃饭，那也得磨三层皮，直到把"爱好"磨成"不爱好"，有这意志力才扛得住。呵，就像你从小唱歌好，现在也不就在这里当校对吗，能当歌手吗？

她伸出手指，向着这大楼的上空画了一个圈。

她话锋犀利，又一次拿他类比，让他懊恼。他说，如果你什么都觉得该自己说了算，那儿子会讨厌你的，因为他大了，跟我一样是男人了，你就不能顺他一回吗？！

这话刺到了她。

她心想，你说我强势，那也是因为你不会拿主意，总瞎拿主意，你想过没有，都什么时候了，转科？脑子昏了。

她心里有这火气，但这一刻她没让它涌出来，因为涉及他俩的争执一向无解，并且她还意识到，这不是自己今天来这儿最需要跟他谈的话题。

于是，她对他皱了皱眉头，说，好了，好了，不说这个了，接下来两天我会好好跟儿子谈的。其实我也没做强制性的最后要求，如果儿子非要执意，那我跟他还有他学校的老师们在分析了可行性之后，也是可以同意的。

朱曼玉放软了口气，这使得冯凯旋觉得自己刚才话里的"刺"还有点效。

是的，他心想，该刺她，现在不是以前了，以前怕烦，老让着她，而现在不准备过了。

朱曼玉不知道他在想啥，她正在说：其实，今天我去学校听了老师说的情况，感觉比转科、比成绩下滑更严重的是，儿子的情绪状况让老师担心了。

冯凯旋脸神紧张了一下，问，他知道我们分居了？

她茫然了一秒钟，摇头说，不知道，应该不会吧。

随即，她向他讲了李胜男老师的建议。她说，李老师建议我在学校附近租个房子，陪他住，每天夜自习下了后，可以多一些跟他聊的时间，给他打气，了解他心里的动况。老师说其他不少高二高三的学生家长也这样在做，因为学习越紧，压力越大，小孩情绪往往越需要父母的及时疏导，有些事小孩是不会跟学校讲的。

冯凯旋支棱着眼睛。

朱曼玉告诉他，如果我们"丰荷家园"的房子离学校近，那也就无需租房了；但"丰荷家园"到学校将近1小时车程，每天上学、夜自习放学，路上耗两个小时，这不现实，所以必须在学校附近租房，陪他住。

他点头，问，租了房，你陪他住？

她说，那当然，难道你陪？

冯凯旋想了一下儿子那张稚气未脱的脸，点头说，我陪他也可以。

她嘴角闪现一抹讥笑，说，呵，你不陪还没事，万一陪出了他的不高兴，搞砸，比不陪还糟。

冯凯旋心想，既然这样，那你找我干吗？

果然，她说出了原因。

她说，租房得花钱，我已经在租房网上查过了，春风中学附近的出租房特别俏，都是学生家长在租，最便宜的租金4000多块一个月，我哪来的钱，你得拿出来。

冯凯旋眉毛一跳，说，4000块？这么贵啊？

她知道他也没这么多钱，他现在不也在外面租着房吗，一下子同时租两套没几个家庭吃得消。

于是她都懒得去琢磨他那正盘算着的面容表情，她说，你把你租的那房子给退了，你住回家来，不就有钱了？

冯凯旋明白了她的意思，他说，你是说你跟他租住在学校附近，而我住回"丰荷家园"？这倒也可以。

接着她又提了另一个要求。

她说，最近我公司事多，苏州那边的事还没结束。另外，儿子这边一分钟也等不及，我得把心思全花在儿子身上，做他思想工作得一心一意做足功课，所以，找出租房的事由你去办，要快。

他说，好吧，就找学校附近的？

她说，是的，要好好跟人家还价，网上挂的价都太高。

朱曼玉谋篇布局，开始着手推进对儿子冯一凡的思想工作。

星期五下午4点，她去了春风中学。

她拎着一袋零食、水果，先去实验楼找到外甥林磊儿，她将袋子交给林磊儿，随后邀他这个周末去自己家住。

其实她知道他不会去的。这孩子初三从山区转学过来时，在她"丰荷家园"的家里挤住过一年，与表弟冯一凡睡上下铺，而自从考上高中住校后，他就不太去她家了，没别的原因，就是没时间，双休日他想留在学校做作业。对此，她也就常依了他。是的，这孩子太用功了，是那种真正自觉和刻苦的小孩，现在他不仅双休日不太去她家玩，甚至原定的一个月坐公共汽车回一趟老家看爸爸，也改成了两个月回去一趟。

果然，今天林磊儿同样婉拒了小姨的邀请，说自己要留在学校里做作业。于是，像往常一样，朱曼玉关照了外甥几句"别太用功了""要劳逸结合"。但随后，她对他说，也好，但是明天中午，磊儿，你和一凡在"新梦想培训学校"补完数学后，你先别回学校，小姨会过来接你们俩一起去"满天楼"吃个饭，小姨安排的饭局，有不少亲戚会来的。

林磊儿点点头，又有些纳闷，心想，为什么有饭局呢？

朱曼玉凑近他的耳边说，吃饭的时候，需要你给冯一凡打打气，他最近成绩滑得太厉害。吃个饭占时间不会多，你吃完再回来做作业。

朱曼玉细细关照了外甥林磊儿一番。

然后她就离开了实验楼，去男生楼找儿子冯一凡。

冯一凡正在等妈妈来接他去课外补习班上课。

每周五下午都是这样，妈妈接了他不是先回家，而是赶去城南一家很火的培训学校"敏捷课堂"，补理科两门：物理、化学。

一个晚上得补3个多小时。现在赶过去，在妈妈的车上随便吃点,6点进培训班教室,9点多出来。

冯一凡坐在妈妈的车上。马路上高峰期已经来临,一路红灯,映照着妈妈朱曼玉的平静面容。

她没对儿子冯一凡提这次综合考试他的成绩,也没说家访的事,更没提转文科的事。

他知道她在装。

他无所谓,因为每一次都是她说了算,虽然那天小潘老师家访回校后立马透露给他了信息,让他小喜了一下,但第二天,果然不出他所料,妈妈没同意。他对此无所谓,不想争,因为以他这十多年的生活经验,知道反正争不过她,那不如不说话。

他在吃妈妈给他备在车上的盒饭,红烧小排、青菜和饭。

窗外是每个周末都一样拥堵的街景,窗内的他和妈妈正要去做的,也是每个周末都需要完成的事——补习。

冯一凡此刻面容平静。虽然已在学校里被关了一星期,好不容易出来,又得一头扎进另一个教室去学学学,但他习惯了周末的这种补课。

从小学五年级起,补课就是你再不愿意也得认命的"学生生活标配"。

他也知道,与班上同学相比,自己其实还是补得少的,目前只补三个班:星期五晚上"敏捷课堂"的物理、化学,星期六上午"新梦想"的数学。许多同学都是补四五个班的。

当然,与表哥林磊儿比,他又是多的,多出了星期五晚上

"敏捷课堂"的物理、化学,这也是理应的,谁让他理科成绩不好,而林磊儿物理、化学成绩好到无需补习,只跟他一起补"新梦想"的数学。

当然,也幸亏表哥不需要跟他补得一样多,否则,两个人,补课费双份,每门5000元一学期,那朱曼玉怎么吃得消?即使现在,按两人共4门算(两个数学、一个物理、一个化学),那也已是2万元了。

第二天中午"满天楼"的饭局,充分体现了朱曼玉的攻略布局。

一桌人,多为亲戚,也有朱曼玉的闺密,当然,冯凯旋这个当爸的也在场。演戏嘛,这是关键的一场,他怎么可以不出现呢。

而且冯凯旋还被告知,为什么需要约人吃这个饭,因为儿子需要听别人的意见,我们也需要听。既然自己家里人的意见彼此都听不进去,那么别人的意见总归是可以听听的,八面来风,我们先听了,再做判断。

她还忠告他,这不是辩论,这是意见采集,所以你自己少表达,先听听人家怎么说,看看人家如今对子女学业、择业有何方向性的思路,让小孩也听听,看人家怎么说。

人家怎么说?大致的方向,她当然是事先已做引导、布局了的。

于是,席间的一番话,准确说,是各种建言,都有清晰的针对性，比如："专业选择要选有门槛的，这年头门槛低的，虽然容易学，但竞争其实更激烈。""理工科门槛比文科高，文科记记背背，学不好理科的大堆女生在学。""我们实在人家，玩虚玩不过人，学科技好。""技术在身，去哪里都可以养活自己。""学理科余地大，以后出国留学也方便。""有人脉的人家学文科，文科万金油，以后找工作百搭；没社会资源的人嘛，就学理科吧，靠自己的本事……""学医好，以后医院里咱家有个人，看病方便。"

这些声音在冯一凡的耳边飘来飘去，他感觉到了他们一致的观点是：当公务员好，当医生好，当教师好，因为稳定，有利。

冯凯旋在饭局上没怎么说话，一则是坐在这些亲戚等人中间，他一向不太爱说话，二则，他心里有轻轻的鄙视：这些人，都什么年代了，还盯着这几样所谓稳定的，都多少年了，不说它们以后是不是还稳定，单说这年头互联网出来了，什么新的东西都在上场，飞一样地在变，人家做公众号出挑的，不也有上千万风投吗，那么多新行业、新平台在冒出来，你说得准就你原先认定的那几样才是心头好吗？

冯凯旋没多说话，看着自己儿子那张稚气、茫然的小脸在这一堆人中间，像风中的葵花，被这堆言语吹灌着，他心里有些可怜。

他心想，以我这在出版社当校对还不算太处于信息交汇口子上的人来看，都觉得你们这些经验不够用了。呵，靠谱的铁饭碗，谁不想啊，问题是现在说的靠谱，就是以后的靠谱吗？原先不也有人认定银行好、媒体好吗？互联网上来了，银行里的人、报社里的人不也在飞快地往外走吗？从我爸妈在化工厂当工人那时起，到我们现在，啥时候有什么算是一劳永逸的靠谱呢，有什么算是你等看得准的事呢？有什么好逼小孩的，还才17岁哪。

坐在他们中间的冯一凡，心里也在鄙视。

这鄙视倒不是因为这些言语中的信息本身，而是它们的聚焦姿态，那种众人明确的指向，以及那种循循善诱的调子，让一个少年不自在，并且有些逆反。他心想，烦不烦啊，我喜欢文科怎么了？

虽然他最初转文科的愿望其实并没那么强烈，他情绪不佳的起因主要也不是来自这里，但现在，他心里有些倔强的意念在上来。

从这个角度讲，朱曼玉的这个"饭局攻略"，并不成功。

当然，这个饭局，也有让冯一凡心里有些放松下来的地方。

那就是坐在身旁的表哥林磊儿对他体现了亲近和合好的态度。自上次"洗衣事件"后，两人之间有些尴尬，哪怕有过冯一凡想求和解的"天台对话"，那种别扭劲儿也还在，而今天表哥却对他表现得很主动，举着饮料杯跟他碰杯，并凑近他的耳边说，冯一凡加油，咱得拼一把。你知道嘛，我刚转进"英才班"的时候没人看得起的，只有拼了才有尊严。教你一招，意志力减弱时，就去冲冷水浴，"哗"的一下冷水冲下去，拼了……

找房奇遇

冯凯旋穿着黑色礼服，打着雨伞，迎着斜飞的细雨，走在"书香雅苑"小区里。

4幢造型简洁、时尚的板式16层公寓楼，楼间狭长的绿地上，几株樱花正在雨中飘飞着花瓣。

这不算是个太新的小区，但房价、租金直逼市中心那些临中央公园的豪宅，不因为别的，只因为它的对面是春风中学。

刚才冯凯旋已经去"书香雅苑"周边的几家房地产中介公司打探过了，每一家都对推门进来的他说，"书香雅苑"？呵，没有哪，现在真的没有，"书香雅苑"的房源一拿出来，就被人抢去了，根本租不到。

几乎是异口同声。

因此几家中介看下来,冯凯旋心里的着急也在升起来。

他指着人家桌上的电脑,说,请你再帮我找找看,没准这会儿又拿出来了。

中介们笑道,没有,真的没有,都是家长租去陪小孩读书的。

冯凯旋嘟哝道,我知道都是租来陪读的,我们也是。

连房源都没有,所以,也根本无须进展到与房东讨论价钱的这一步。而看这炙手可热的架势,谁都知道这租金多半是下不来的,最小75平方米两居室月租4500元起,再大的,价格就扶摇直上,逼近8000元。

中介也觉得贵得离谱,他们摇着头,对失望的冯凯旋说,没办法,咱中国人都是为小孩的。

这些言语,连同他一圈跑下来的徒劳,是会对心理产生暗示的,那就是:如今家家户户对子女读书重视到这等程度了,我们是不是动作晚了?

冯凯旋眼前晃动着儿子冯一凡的脸。

这社会群体性焦虑就像这风中的毛毛细雨,是会沾染上身的,只要你入了境。现在冯凯旋就有些入境了。虽然他承认对于儿子的事他平时没像朱曼玉那么费劲费心(当然,以他的理由看,那是她朱曼玉霸着,根本没让他插得手进去),但现在他嗅到了自己心里那份着急的烟火气。

在这样一个阴郁的雨天,这份心急,促使他从中介公司出来后,走进"书香雅苑"小区去自己找寻,想看看这里的墙上、报栏里有没人挂出租房信息。

地面水光粼粼,他小心地走着,以免打湿裤脚。这样的雨天,他穿得这般庄重,正如你所料,接下来他将去主持一场婚礼。

现在是下午4点,这个下午他是从单位请假出来找房的,而等会儿,他将从这里直接赶去江景大酒店,晚上那儿有一场婚礼。因为怕时间来不及,下午他从单位出来后,先去了自己租的城西单身公寓换了装,再打车来春风中学这边看房,准备看房后从这里直接去酒店,这样路顺。

所以,他衣冠楚楚地走在小区里,在斜风细雨中,步履小心翼翼。

他在小区里逛了两圈,一无所获,许多单元门上确实是贴着纸条,但不是出租信息,而是求租信息。相似的急切,在风雨吹拂的纸面上与他呼应。

冯凯旋只好走出小区,对面就是春风中学,近在咫尺,他想,儿子此刻在学校里做什么呢?下午的自习课快下了吧?

他看了一下手表,现在去江景大酒店还有点早,行头都穿在身上,就是头发还没做。他看见前面左路口有一家理发店,双色旋转灯在门口转动着。

冯凯旋走进了理发店,这个雨天,这个时段,店里没什么客人,几位理发小哥在玩手机。冯凯旋对他们说,我就吹一下,定个型。

这是简单的活儿。一位理发小哥为他洗吹,一边夸他发质好。等发型收拾停当,冯凯旋在柜台付钱时,从门外进来一个瘦小的女孩,她对店员说,我剪头发,想理一个光头。

柔声柔气。

冯凯旋惊讶地回头,见一位"杀马特"风格的理发小哥一边让女孩坐到了理发座椅上,一边笑问,光头?你可想好了哦?

女孩笑了一笑,细声说,想好了,我想酷一点。

"杀马特"小哥拿起剪子,瞅着镜子中的女孩说,那我理了,理了可别后悔哦。

那女孩轻声说,你理好了,我想好了。

冯凯旋忍不住开腔,他告诉"杀马特"小哥,喂,你这就给她理,有问过她家长同意吗?有想过她家长会怎么想吗?

冯凯旋指了指女孩的中学校服,小哥瞬间恍悟,说了声"也是啊",就不敢动剪刀了。

女孩纤瘦文静,她扭头飞快地瞥了一眼冯凯旋,面容苍白地从座椅上下来,飞快地往门外走,嘴里说,不给理就不给理,有什么了不起。

冯凯旋走出理发店,看见那女孩在前面走。

他跟上去,想对她说些什么。

他还没开口,女孩就感觉出他跟在后面,走得更快了。

你别管。女孩嘴里说,我知道他们不敢。

她说,我这是跑了第四家了。

冯凯旋笑道,哎哟,都第四家了?

她站住脚步,回头,埋怨地看了一眼冯凯旋,脸上愣了一下。

冯凯旋发现这其实是一个长得挺娟秀的女生,大眼睛,瓜子

脸，配一头披肩发。他感觉有些眼熟，但又想不起来，也可能这个年纪的许多女生长得都差不多。

冯凯旋以哄小孩的口吻说，原本这第四家刚要给你理了，给我搅黄了，对不对？

女孩嘟哝道，光头又有什么关系？我平时可以戴帽子的，我想好了的。

冯凯旋感觉这女生与儿子冯一凡差不多大，就说，是春风中学的吧？我也有一个跟你差不大的小孩，也在春风中学。

她说，知道。

他说，他可没你这么酷。

她说，我不酷，我只是想证明自己。

证明自己？

是的，她嘟哝道，让我妈知道我自己可以做主了。

他笑道，原来是跟妈妈赌气了。

她说，没，我可不想跟她赌气，我只想证明自己可以做自己的决定。

仿佛有一股少年人的倔气正从她头发里往上升腾，弥散在这傍晚的细雨里。

他对她笑道，嘿，那么说还是跟妈妈在闹别扭，我懂啦，所以你选择这么强烈的表达方式来证明自己。

她咬着嘴唇，看着路面，没出声。

他说，想证明自己长大了，对不对？

她点头。

怎么说服这样的中学生,他也没经验,他的脑子在飞快地转。

他说,嘿,只是这个证明方式,也太过激了一点。

她说,就是要过激,给她来点狠的。

他说,狠是狠,但比较孩子气,反而证明出了自己还没长大,心理上太在意妈妈的态度了。

女生抬头,瞅着他,没出声。

他问,妈妈平时什么都管?

她嘟哝道,什么都得她指手画脚,命令式的,最不能忍受了。

他心想,这年头当中学生妈的是不是都一个模样。

他说,我懂了,她什么都管,我还感觉出来了,她的态度让你非常在意,因为你大了,最不能忍受了。但是,我在想,既然你是一个这么在意别人态度的人,那么你有没想过,剃了光头后,你将承受更多人的指指点点,而不仅仅是你妈一个人,别人会以为你发生了什么,这可能有更大的压力。

她飞快回答,我不怕,我可以戴帽子上学。

他笑道,你既然都做好了这样的心理准备,那为什么扛不了妈妈的态度呢?

她愣了下,没回话。

他继续说,自己做决定,这态度本质上是做给自己看的,其结果也得自己每天去扛的,既然这样,向不向她表达又如何……

马路上的晚高峰正在来临,一辆辆车从身边掠过去,卷起路面上的水雾。冯凯旋说着这些话,自己也有些迷糊,这说的是什么呢,这都是00后了,这么说对他们的路子吗?

言语在细雨中随风消散，陌生人只能是表达好心。

她抬着头，在看着他。有些话她未必听得进去，但她觉得这叔叔人挺好的，这么个下雨天，打着伞，微俯着背，在劝自己呢。再说，连遭四拒，这也明摆着去哪儿都是剃不成光头了。

她就对他"嗯"了一声，点了点头。

他看了一下手表，说，叔叔送你穿过马路，进学校。

她指了指"书香雅苑"小区的大门，告诉他，自己放学了，先回家。

他不禁脱口而出，哟，你看你条件多好啊，叔叔也想给儿子找这里的房子方便上学，找了一下午，都没有找到房源。

他把她送到小区门口，说，好，再见，我也得赶紧过去主持一场婚礼了，再见，同学要加油哦。

女孩脸上有好奇的神色，问，你是主持婚礼的？

他一边向马路伸出手，想打车，一边对她笑道，是的。

她说，这工作不错哦。

为什么？

她微笑起来，说，因为每天碰到的都是开心的人。

他有些傻眼，说，真还是的。

她说，这工作不错，我怎么没想到呢，每天遇到的都是正处于最开心状态的、打扮得漂漂亮亮的人，真不错哦，婚庆职业我怎么没想到？

她一边说着，一边往"书香雅苑"大门里走，她说这话的天真、惊喜神情，好像是突然恍悟这是她可以做的理想工作。

下雨，路面上的空车一下子没有。冯凯旋招了一会儿手，终于看见一辆出租车打着绿灯远远地过来了，与此同时，他听见身后有人好像在叫自己：叔叔。

他回头，见刚才那个女生从小区门里又出来了，正在对自己说，叔叔，你不是要租房子吗？你给这个号码打一下，可能会有。

她手里捏着一张白纸条，上面写着一个手机号码。

冯凯旋接过纸条，来不及多问"你这是从哪儿得到的信息，靠谱吗"，出租车已到了他身旁，于是他对女孩说了声"谢谢"，赶紧上了车。

冯凯旋坐在出租车上，手里捏着这张纸条，心想，这孩子眨眼间就搞了这么一个号码出来，靠谱吗？

在车上的这么一会儿，他不可能立马就拨打这号码试试。他眼前晃动着这小姑娘秀气的脸庞。谁想得到这么文静的面容下面，居然还藏着这么一个疯狂的念头——"剃光头"。

她妈妈知道吗？知道后会如何作想？只怕一段时间里这妈还依然没知没觉呢。

冯凯旋估计，这妈也是个强势妈妈，事事帮做决定，要不然哪会引出小孩这么大的抗拒？

由此，他自然联想到了朱曼玉，以及她那天在"满天楼"饭局上的用意。

他心里对她涌起嘲笑：朱曼玉，该由你来好好看看刚才理发店那一幕才对，你越说一不二，反弹力越大，懂不懂？

这联想也带出了他对儿子的惶恐：冯一凡平时也不太言语，他在想什么呢？儿子可不会像刚才那小孩一样吧，心里藏着这么疯狂的念头？

前往江景大酒店的马路越来越堵，车子穿过地下隧道。

在明灭的光影中，冯凯旋想，那女孩如果今天不是被我遇上，她此刻就已以光头示人了，她不会怪我吧？看她刚才在"书香雅苑"门口说话的样子，是有点笑意的，应该不会怪吧。

他想起这女孩认为婚礼主持工作不错，理由是"每天接触的都是开心的人"。

这话蛮天真的。他想，但也没错，因为婚礼上碰到的人都是开心的人，所以，我这可以算是为开心的人在做开心的事。

他想，她还说得挺到位的，面对开心的脸，总比在单位、在家里面对无趣的脸要开心一些，难怪我这么享受在台上主持婚礼的感觉。

这想剃光头的中学女生，可能在无意之中确实点中了冯凯旋的"穴位"。

一个人，哪怕单位不宠，老婆不爱，无足轻重，他也渴望笑脸。更何况，这"婚庆主持"，还是一份声声祝福别人、开启人生美好新篇章的工作，简直台上一枚"暖男"。

如果不从这角度看，那么，在别人眼里混得灰扑扑的冯凯旋对这份活计的盎然兴致，可能就会令人有些纳闷。

一年半以前，冯凯旋41岁，作为一名出版社员工和曾经的军人，他意外跨入了婚庆这一原先做梦都想不到、八竿子都打不到的行业。

说来相当奇葩。事情起于前年秋天他偶尔受邀，为一位老战友主持的一场婚礼。

这位战友非拉冯凯旋来为自己人生中的这第二场婚礼做主持，原因有二：一、他知道冯凯旋在部队时会唱歌，在台上能来两下；二、他怕陌生人主持说错话，毕竟二婚，台上台下顾忌的东西比较多，而冯凯旋是战友，知根知底，会护着自己。

结果，在那场婚礼上，"临时担当"冯凯旋大放异彩，他不仅精心备词，而且以歌串场，亲自献唱《第一次》《情非得已》《深呼吸》《忘情水》，唱念做打，一应俱全，惊倒了一片，连同他自己。

那种久违了的舞台表达快感，让他差点爽晕过去。

婚礼后，有人凑到他面前说，哇哦，凯旋，还是小时候的"金嗓子"哪，你这台上的范儿，简直要抢专业主持的饭碗了。要不，你有空的时候来我这儿帮忙，我手头缺你这种型的，有文化又能唱，真的。

这人是冯凯旋的小学同学李星星，开了家名叫"喜果"的婚庆公司。这天的婚礼现场就是由他公司布置的。

于是，在随后的日子里，受李星星不断怂恿、邀请，冯凯旋就慢慢进入了这行，开始时是偶尔去顶个场，后来顺手了，就渐渐多起来，现在不固定，婚礼多的春秋两季，基本每星期一场。

作为一个年纪也不算太小了的男人，冯凯旋跨入这一行后，对属于民俗的婚庆行业，对在台上滔滔不绝地说话、歌唱，好像没什么不适，并且还干得挺乐，因为：一、他享受在台上的感觉，自离开中学、部队后，多少年没登台唱歌表演了，估计周围人都不晓得他会唱歌了，如今他一上台，那种被聚焦感，总是让他的情绪处于高点，于是这一刻几乎成为他一周生活中的高潮；二、因为空闲，与朱曼玉分居后，他晚上除了加班校对那些文稿外，也没什么事，去婚礼现场干份活，还热闹一些；三、因为钱，一场婚礼主持下来，开始时拿2000元，后来到3000元，现在到5000元了，谁让喜果老板李星星是他的小学同学，也谁让冯凯旋的主持技艺在飞速地提高，以李星星的看法，以冯凯旋这样的提升速度，两年后必定跻身全城顶级水平，8000元；四、可能就是上面那中学女生无间中点到的心理"穴位"，即，面对开心的人。

所以，现在如果哪天晚上有主持婚礼的活儿，冯凯旋从早晨起床那一刻起，心里就有隐隐的兴奋。

他就带着这份兴奋，去单位上班，坐在办公室里，为书稿挑错别字，像职场里一粒不起眼的灰尘，一直忙到下班。然后，飞快地骑自行车回单身公寓，换好装，吹好头发，一身光鲜地赶赴婚礼现场。

当然，他这一年多来的这份奇葩兼职，尚未正式办离婚手续的老婆朱曼玉，以及儿子冯一凡是不知道的。单位的同事和身边的多数人也是不知道的。他没告诉他们,原因也很简单,因为他在国有文化单位有份正式的工作,在外面兼职而且还是这么一份听起来有些好笑的兼职,呵,婚庆工作,对于一个中年大叔,是不是有些另类,有点low?他怕人会笑。另外,人都是有小算盘的,他也一样,他想,都快离婚的人了,自己辛苦赚来的零花钱,干吗要告诉朱曼玉?

所以他保密,类似于偷着乐。

现在坐在出租车里的冯凯旋,马上就要到达今晚他将上场的江景大酒店了。

他又看了一眼手里那张纸条上的号码,心想,小孩给的号码,管他靠不靠谱,要不让朱曼玉先联系一下看。

他就用微信把这号码发给了朱曼玉,然后用语音告诉她:看了一下午,中介那儿没有"书香雅苑"的房源,一套都没有,我只搞到了一个号码,你先问问看呗。为什么让你问呢?因为你会谈价嘛。

他放下手机,心想,我说得没错,是你会讨价还价。

在这方面她是比他能干,他承认。以前没分居时,只要他买回来的东西,没有一样是她不抱怨买贵了的;若想让她住嘴,只有让她自己去买、让她自己上。确实,她也因此更愿意自己上。她冲在前面多了,他这方面的生活能力自然下降了,于是更弱,导致他心里对讨价还价这些事也嫌麻烦了,不想做主了。而她自己上了,又常抱怨他当甩手掌柜,啥都不管。

买东西是小事，但在他看来，在儿子学业等大事情上，其实她也同理。

当然，这是他冯凯旋的想法，几千米之外正在下班路上的朱曼玉可不这样想。

这个晚上，在江景大酒店的婚礼上，与你想象的一样，冯凯旋裤袋里的手机又开始了连续的震动。

他知道是谁。他没理它。

等婚礼结束，他回过去，听见朱曼玉在那头说，怎么回事？你干吗一直不接，你现在晚上老不接我电话，是在泡妞吧？

他站在酒店的旋转楼梯下，捂着手机，说，我在加班，刚才开会，手机静音，那房子怎么样？

朱曼玉确实是来说"书香雅苑"房子的事的。

她告诉他，电话打过去问了，还真有的，是一个高二学生突然不读了，要出国留学了，所以提前退了房子。房东说，前天才空出来，还没挂上网。

冯凯旋心想那女孩还真靠谱。他对朱曼玉说，那么赶紧要下来呗。

朱曼玉说，要下来？你知道吗，房东开价5000元一个月，而且只能租半年，说这房子以后可能另有用途。

他说，啊，5000元？

他旋即心想，就今天下午看房的情况来看，这应该就是现在的价，房子太俏，房租自然在涨。如果你还想租学校旁边的房子,这一套得赶紧下手,否则一眨眼就没了。今天跑了这么一圈下来,总算知道了如今人家为小孩读这点书已到了奋不顾身的地步了。

他眨巴了一下眼睛,刚想这么告诉她,还没来得及开口,就听见她在那头说,这太贵了,5000块,太狠心了,我明天去跟这房东砍砍看。

她随即挂断了电话。

宛若聚居

第二天上午,当房东宋女士从2号楼单元门里出来,穿过绿地向朱曼玉走过来的时候,朱曼玉还是愣了一下。

这女士穿着一袭中式淡绿色的薄长裙,前襟绣着一朵修长、精致的白色芍药,面容素雅,说话从容,相当有气质,像个中学老师。这与朱曼玉原先头脑中"房东"这个概念有较大的出入。

宋女士带着朱曼玉走进2号楼,坐电梯上到8层。在这个过程中,通过交谈,朱曼玉明白了这看似中学老师的宋女士是真正意义上的房东,她在这小区有3套房,自己住了一套,另两套拿来出租。其中,两套在2号楼,另一套在4号楼。

一路赔着笑脸的朱曼玉,夸宋女士真有实力。

宋女士矜持地笑了一笑,说,我入手比较早,买的时候还算便宜。

宋女士打开门,这是一个方方正正的两居室,光线充足,电视机、冰箱、洗衣机、衣柜、床一应俱全。

朱曼玉留意到了桌面上、墙角边,凌乱地垒着一堆堆的习题书。

宋女士指着它们说自己还来不及收拾,这是刚刚搬走的那个高二学生的,他不要了,因为他直接去美国对接11年级,一年后在那边申请世界名校。

朱曼玉伸出手,拍了拍桌上的那些本子,说,有钱人家,路子总是多一些。

宋女士说,呵,除了钱,还因为是个男孩,早点出去也没事,要是女孩的话,这年纪就出去,总归有点不放心的。

朱曼玉"嗯"了一声。

这条路与她太远,从没进入过她的思维,所以此刻她也没有太多触动,虽然她家的就是儿子。

而对于这间房子,朱曼玉不可能不心动。从朝东的落地窗看出去,可以看到春风中学的操场,和操场上此刻正在上体育课的学生们,真是一步之遥啊。

跟她还到多少价钱呢?朱曼玉心里似有鼓点在敲击,面对这风度、气质俱佳的女士,她本来就感觉矮了一分,心里虚弱。

朱曼玉冲着宋女士笑,微微吸了一口气,说,宋女士,这房租,能不能再照顾我们一点?

宋女士面容平静,说,房租就3800块好了,我女儿昨晚专门关照我了，说你儿子是她同学，要帮忙的，让我依她，也好，是同学家长嘛。再说，这房子也只能租你们半年，以后可能做别的用处，这样就给你们便宜些好了……

朱曼玉一迭声地表示感谢，说，非常非常谢谢您，也谢谢您女儿。啊，原来你女儿与我儿子是同学呀，她叫什么名字？

宋女士说，乔英子。

在出版社的办公室里，正忙着挑错别字的冯凯旋收到了朱曼玉的微信：谈好了，3800元。

这数字让冯凯旋心有惊讶，呵，这女人确实会谈价。

他回了一条：嗯，可以。

她似乎对他平淡的反应不满意，回了一条过来：怎么样？

他心想，算你能，我知道了。

他回了一句：算你会谈。

她回：是儿子的功劳，你知道吗，房东女儿是儿子的同学，照顾我们了。

冯凯旋眼前晃过昨天细雨中那个纤瘦的女生，心想，房东是她家长？

在春风中学右侧的海风牛排馆，暖黄的灯光照耀着美式乡村风格的木桌木椅，冯一凡面对两张正盯着自己的笑脸，说，乔英子？我不认识，不是我们班的，我们班没这人。

没这人？对面的两张脸有些吃惊。

他们是爸爸冯凯旋，妈妈朱曼玉。这个夜晚，他们突然空降，把他从学校的自习课上叫出来，带到了这家牛排馆，请他吃饭。

他们兴高采烈、结伴而至的样子，让他心有疑惑，甚至可以说感觉诡异。

冯一凡一边用餐刀切着盘子里的牛排，一边心想，他们为什么事而来？乔英子？

其实他没有太多食欲，因为1小时前他在学校食堂已吃过了晚饭。但刚才爸妈在点餐时没听他的意见，他们执拗地为他点上了牛排，还要了奶油蘑菇汤、土豆沙拉、苹果派，和平时不太让喝的可乐。

现在他们笑眯眯地看着他吃。

这一切的一切都是可疑的，可疑就意味着有目的。他心想。

他慢慢地切着牛排，突然就想起来了，说，哦，乔英子，林磊儿他们班的学霸，不过我不认识，没说过话，不算认识。

朱曼玉笑道，英才班的学霸不是林磊儿吗？

冯一凡说，林磊儿是小学霸，据说乔英子才是大学霸。

这么说完，冯一凡突然又想起来了，说，其实你们有见过她，那天晚上在季扬扬、林磊儿寝室里，当时林校长、季扬扬爸爸、李胜男老师他们也都在。你们要找她？

儿子这么一提及，冯凯旋就想起来了，原来那女孩以前是有见过的，难怪昨天觉得面熟。

不找她。朱曼玉笑着对儿子摇了摇头。

是的,这"女生乔英子",可不是她和冯凯旋这个晚上要跟儿子谈的主要话题,这只是他们带出话题的由头,想让交流轻巧一些。没想到,儿子与乔英子没来往。

朱曼玉接着对儿子解释说,呵,咱说到乔英子这同学,是因为事情很巧合。爸妈这两天想在你们学校对面的"书香雅苑"租个房子,没想到遇上了她和她妈妈,她们很好心,我们真好运。

租房?冯一凡支棱着眼睛问。

是的。两个大人点头,齐声说。

于是,在接下来的时间里,朱曼玉就把关于租房的想法、用途、目的,以自己推敲了多遍的婉转理由,向儿子说了一遍,也可以说"哄"了一遍。

她感觉自己的哄法是得当的,比如:"妈妈想让你在学校一天封闭式学习后有一个可以纾解压力的私有空间。""目前这个阶段,妈妈想让你找到自己的节奏,而不被其他同学的节奏带着走。""妈妈想让你在夜自习后有一些加餐。""妈妈想给你加油。"……

在她说话的过程中,她用眼角的余光,扫了身边的老公冯凯旋一眼,看到他也在向儿子点着头。

冯一凡一边听,一边低头在切那盘牛排。

牛排已被切得很碎了。他知道爸妈的视线落在他的身上,在等他的反应。

冯一凡说,你们要让我住出去?

朱曼玉笑起来,说,是的,许多高二高三的学生都租在学校附近，这样时间支配更自由一些。

冯一凡说，是我一个人住吗？

朱曼玉说，不，妈妈陪你住呀。

冯一凡说，为什么我不可以自己住，我都大了。

朱曼玉说，妈妈跟你一起住，妈妈可以为你加油。

冯一凡没响，他感觉到了妈妈的执意像一团热气在迫近，他知道拗不过她，以他从小至今的经历。

于是，他心里涌起烦乱。他知道他们为什么要租房子让他住到外面去，还不是为了看住他，别看她说得那么人文关怀，还不是为了看住。他想，难怪我是呆瓜？别以为我不知道。

自上星期李老师谈话、家访、提出"转文科"想法以来，他就感觉到了他们，尤其妈妈朱曼玉，对他日益迫近的聚焦和随时开导的意欲。他想，我看透她的，还说得那么好，让我有舒缓的空间，真让人"呵呵"了。

他心想，朱曼玉这么省的人，花钱租房子，还要陪住，这是恨不得将思想工作做进放学后每分每秒的节奏，是不是？

他想，你们烦不烦啊？莫非想当两看守吧？

他抬头，鼓了一下腮帮子，对他们说，嗯，我得想一想。

他这样子，在朱曼玉冯凯旋眼里显得有些孩子气，有些可爱。他们交换了一下眼色，冲着他笑。

他们冲着他笑得那么默契、那么意味深长，在他眼里显得好装，好假。于是他心里有一股逆反冲上来，他说，为什么妈妈陪我，爸爸不陪我？

果然,朱曼玉、冯凯旋脸上微微凌乱了一下,如此同步,让他想吐了。

朱曼玉岔开话题,想转换概念,就笑道,人生关键时刻,妈妈想跟你站在一条战线上,为你加油呗。

冯一凡心里在说,人生关键时刻,你是想做看守呗。

冯凯旋刚说了句"爸爸陪也可以呀",就感觉桌下自己的脚被老婆朱曼玉踢了一记。

冯一凡抬起眼睛,瞅着面前爸妈的两张脸,说,嗯,我需要你们两个人一起陪,一起住,就像在家里一样,关键时刻,需要你们一起陪。

说完,他从他俩脸上几乎同步闪过的惊讶、茫然神情中,捕捉到了一丝难堪,他心里竟有报复的快乐。

相互折磨的快乐。

2秒钟静音。第3秒后,朱曼玉、冯凯旋一起在点头,说,好的,好的,一起住。

这个晚上,冯凯旋朱曼玉在目送儿子冯一凡回进校门之后,他们没分道扬镳,而是一同回到了"丰荷家园"的家。

因为接下来,有诸多细节需要紧急商议。

朱曼玉坐在客厅里那条灰旧的布艺沙发上,盯着面前没打开的电视机,神情有些发愣。她对坐在椅子上的冯凯旋说,儿子这要求,其实也正常,这说明他需要温暖,考试越累,成绩越滑坡,同学间竞争越激烈,他越需要温暖,你给过他多少温暖？所以，从现在起，你跟我配合好，给他温暖，家的温暖，也就一年。

这样的说法，让她自己心头一酸，泪水差点夺眶而出。

她说，最后这一年，哪怕难受死了你，委屈死了你，你也得给我顶住。过了这一年，他18岁了，去读大学了，就一天天离我们远了，而现在是他成年前最后还能与我们守在一起的时间。过了这段时间，以后哪怕他还愿意跟我们一起住，我们也已经掰了，再也没有这个时机了，你说一凡可怜不可怜？你说你像他这么大的时候是这样的吗？你以前给过他温暖吗？你知道他在想什么吗？你自己在外面玩自己的，回家整天捧着个手机，你知道他需要温暖吗？

对儿子的怜悯和对老公的抱怨，这双重情绪让她在飞快地失控。

冯凯旋坐在那儿，怕她这样抱怨下去，能抱怨到天亮。

他心想，你说儿子可怜，我也有感觉啊；你说儿子需要温暖，我完全同意。你让我做，我就做呗；你让我现在补还给他什么，我就补呗。你动不动又上来训我一顿，你以为你是我领导啊？你以为你十全十美啊？

而在她眼里，他侧着脸看着墙角、没立马回应她情绪的样子，依然是长不大的傻样，也不知道他听进去没有。

于是，她对他做了如下要求：

1. "书香雅苑"出租房的两居室，儿子一间，我们一间。进了我们的门，你睡沙发还是打地铺还是睡床脚，对我都无足轻重。重要的是，出了我们的门，你就给我拿出点状态，给我演好，站好最后一班岗。

2. 在儿子面前，我说话的时候，你少开口，省得我跟你吵。

3. 如果我们吵，那就比让他住到校外还糟糕。影响了他学习的氛围不说，假如让他瞧出了我们的破绽，乱了他的心情，那我去死的心都会有，所以也别让我跟你吵，宁愿你每天晚上加班，晚点回来，回来只是睡一觉。

4. 说到睡一觉，就只是睡觉，不许"犯规"。没那个感情了，没什么意思的，人不是动物。再说，儿子也大了，那么小的房子，他青春期了。

5. 住回到一起的唯一目的，是开导儿子，让儿子鼓起劲头，在最后一年的时间里以最好的心情冲刺，考上好学校。所以如果你也想开导儿子的话，请你先做好功课，把与高考相关的各类招生计划、方式、时间点、专业信息细细地摸一遍。说实话，如今这类信息的繁杂度不亚于一门大人的专业课，否则别瞎说一气，搞混思维。

对朱曼玉这5点要求，冯凯旋点头以示同意，但他提出针锋相对的两点要求：

1. 你要开导儿子可以，若你以你平时说话的方式，尤其是平时对我说话的这种强势方式开导他，那我劝你慎行，因为有可能像我搬出去一样，让他离你更远。我把话搁这儿，不信，以后比照。

2. 你让我给他温暖没错，我承认给他不够多，我会赔他的，但给别人温暖的人他自己也需要暖能源，所以希望你以后对我别话中带刺，那样的是负能量，败坏情绪，消耗暖能。因此，至少在场面上你给我点面子，就算向你借点温暖，你说得没错，对儿子、你、我来说，这是还能在一起的最后一年。

对于冯凯旋的话语方式，朱曼玉当然不会认（你说我总训你，你不也在训我吗），但他话里某些情绪，让她有莫名的悲愁。她就哭起来，呢喃道，一凡是不是知道我们的事了，他是故意的，是不是？

冯凯旋看她哭成这样，就说，不会，小屁孩，平时读这点书忙着呢，哪知道这么多，我们演得还是好的，我是提醒你演技升级，演出点温暖，懂了吗？

朱曼玉说，别跟我说温暖，我自己有吗？

这么劝着，肢体就有些接触，然后冯凯旋不禁又犯了一次规。

朱曼玉在喘息之间，对着他的耳朵说，你每天给我做好。

站在高考的风口

两天后,冯凯旋、朱曼玉、冯一凡一家搬进了"书香雅苑"2号楼801室。迎接他们仨的,当然是接踵而至的磨合。

以及,潜伏在磨合下时常无法遏制的彼此折磨。

好在最初几天,朱曼玉的注意力,不在可能搞砸、穿帮的老公身上,也不在可能表现任性、不听话的儿子身上。

因为,"书香雅苑"小区本身更像一朵奇葩,牵动了她全部的注意力。

她发现,这里简直是一个风口。高考的风口。

各路信息,在这里呼呼地交汇,汇成了一股股方向各异的热风,吹拂到她的脸上,让她发愣、着急,甚至心惊肉跳于自己low了、out了,那种迎面直击感,酷似一列火车正在从身边掠过,让她有差点被落下班次的焦灼。

车上的都是租住在这里的主妇,那些陪小孩读书的妈妈们。

传送热风的就是她们。

朱曼玉感觉她们跟自己差不多年纪,乍一眼,年龄、衣着、服饰都差不多,而眉目间,也是那种家有高考生的家长的神情。

这神情,只可意会,如果你是同道中人,一眼就恍若看到了自己。

这些女士,散落在单元门前、楼间小道上、楼道里、电梯中、小卖部里……小区的每一个角落,如果你想认识,一个眼神,一句话,就能引来一场饱满度很高的攀谈,共鸣出五味俱全的心得。

话题和心得,当然是关于子女在读的那点书,和那场将来临的高考。

也正因为这样,几天下来,朱曼玉就与她们中的许多人认识了,知道了彼此的孩子叫什么,在哪个年级、哪个班,最近考试如何,排哪个层级,在哪里补习……

也因此,她们各自在彼此的招呼中,名字就成了"某某某妈妈",比如,朱曼玉就是"冯一凡妈妈",没人想知道她自己的名字,也记不住啊。小区里多的是这样的妈妈,"孩子背后的妈妈"——孩子在家时,她们在家看着他复习;孩子上学时,她们彼此往来交流孩子的学习。

在这样的场景里,朱曼玉也成功沦为"书香雅苑"庞大的"包打听"妈妈族群中的一员。

"包打听",是必然的,因为相似的处境和心境,有话要说,有情绪要倒,有痛点要触,一触就共鸣,共同的焦虑相依相促,构成情绪的生态圈。

"包打听",也是必须的,因为有信息得分享。比如,最近哪所学校有自主招生了;最近招生政策有哪些调整;最近科技大学少年班要报名了;最近全国物理竞赛谁谁得了金牌而获得了北大的签约,下个机会是下半年的北大冬令营了。又比如,数学补习"李家私塾"400块钱一节课效果到底怎么样;英语培训是去"新希望"还是"新东方";"苏菲英语·一对一"4万元一张上课卡值得买吗;你们报了几个补习班,我们是第5个了……

朱曼玉就是这样站到了这些信息的风口,她侧耳倾听,心里无比后悔:我们来晚了。

是的。她想,其实早一年就该住进这里了,这里哪是什么小区,完全等同于一个信息中心,简直是"民间考试院",太重要了,我们来晚了。

后悔之余,是无比感慨:这些信息、路径如此之多,细微处全是奥妙,且年年有变,别说家长还得上班,哪怕是爸妈其中一人脱产全力投入,也得当一门课程来修。

朱曼玉环顾"书香雅苑",还真有不少女人是不上班了,专门在这里陪读的;也有人每天早晨开2小时车去上班,每天晚上开2小时车回来,一天4小时耗在路上,就为了晚上在入睡前能陪小孩那么一小会儿,让人唏嘘感动。

朱曼玉心想,以前说到"陪读夫人""陪读妈妈"那是陪到国外去的,而现在连国内也陪读了。

她这么想,压根儿没取笑的意思。事实上,那些女人言语间的信息量,丰厚到让她根本笑不出来,甚至让她有瞬间低矮到尘埃里去的自卑。

因为,只要一比,她们与她高下立现,对哪个学校、哪个专业、哪个口子,自家孩子以哪个方式去叩开这些门,她们是有钻研的,并且有所设计。一比照,就知道人家早两年就开始对小孩布局了,如今已进入收官阶段。

只要一比,你就会瞬间明白:这还真像一门学问,你花工夫下去,结果当然是不一样的,尤其是,你这工夫还不是为自己花,而是为自家的小孩花,其功效也就自然会落在"你家的明天"上,让你家小孩在同样苦学的背景下,以相对便捷的步履走一条相对有效、合适的路,这既是为小小的他减少能耗,也是对你家的明天进行设计。

只要有比较,人就有直感:起跑线提前了,家长助攻如今有多重要,它可能意味着小孩的差距。

站在信息风口的朱曼玉,头皮发麻。

她既想听,又想捂耳朵;既抓狂,又在心里埋怨老公冯凯旋:早该让你来这儿受受教育!看看你在忙啥,当然,我也晕头晕脑,自己这两年都在忙什么哪,以为小孩考进了重点高中就万事大吉了。哎哟,不够哪,难怪冯一凡最近成绩下得这么快,人家原来是这么干的,大人小孩协同作战,难怪拼不过。

朱曼玉在与"书香雅苑"一众"陪读妈妈"的交流中,还被她们拉进了一个群"牛娃成群",那里日夜滚动着诸如"今天物理第5题,谁家牛娃做得出""明年高考据说每人有80多个志愿要填,谁来说说""骄傲,我儿今天拿到了清华的签约""不拼了,去美国读了"等等他人的信息。

它们像一个个问号和惊叹号,让朱曼玉爱恨交加,既怕错失其中的营养和风向,又怕自己夜不能眠,焚心似火。

当然她也知道,这里的信息有许多是在炫耀、在秀,在刺激别人,提振自己,心理战呢。

她还知道,这些宛若同病相怜的"书香雅苑"妈妈们,其实是对手,因为他们的孩子是对手。

那团竞争的低气压,早已从马路对面的校园内,漫卷到了"书香雅苑"这里。

她更知道,人大都是自私的,能拿出来分享的,不一定是最有营养的。在争得如此激烈的考学氛围下,最宝贵的信息、经验,各位"陪读妈妈"多半是藏在各自背后的那只算盘里。

当然,以理性的心态看,这也很正常,工夫总得自己下嘛。于是朱曼玉心想,要不我也请假算了,我得好好为冯一凡、林磊儿下一把力,我得补这门课。

她想,别人家一个,我有两个呢,多亏林磊儿懂事,成绩还不错。

朱曼玉雷厉风行,还真向公司请了三天的病假。

这三天里,白天朱曼玉在家里补这门"功课",不明白之处就去敲某些"陪读妈妈"的门,聊天、打探(她发现她们好像也盼着她来交流,是的,一个人守在屋子里等孩子下学,也是孤独的,无助的);晚上朱曼玉在家里等儿子冯一凡下了自习课回来,她给他煮夜宵,然后装作随意的样子,零敲碎打,一点点向他渗透"价值观",包含她从"陪读妈妈"们那儿得来的提示、信息、榜样。

这场"冯家最后的演戏"刚开场的这两天,冯凯旋一般回来得都比较晚,说是单位加班。这符合朱曼玉的要求,因为这能减少两个大人话不投机的摩擦。

有时冯凯旋回来得早了,在朱曼玉对儿子说话的时候,冯凯旋就坐在沙发上,低头校对他从出版社带回家来的书稿大样。这也符合朱曼玉的要求,虽然他皱着眉头的样子,让她感觉他有没搞错(难道我这样还算强势,难道你觉得逆耳,那你来开导吧),但总的来说,她对这一刻的他还算满意,因为她知道他这是在家里加班,多看一部书稿,能多赚200块钱,现在这个家需要钱。

人请过了假,是会上瘾的,所以接下来,朱曼玉天天在想怎么请假。

在"书香雅苑"小区,最让朱曼玉着迷,甚至对她产生颠覆性冲击力的,是房东宋女士。

现在朱曼玉已知道她名叫宋倩,比自己年长两岁,与冯凯旋同龄，也是从小就生活在这座城市里的本地人。

朱曼玉在日益走近这房东。

她发现，这个气质优雅的宋倩，除了是这里拥有3套房的房东之外，其实也与那些陪小孩读书的女人一样，不上班，在家管女儿，是个"陪读妈妈"。

但宋倩这"陪读妈妈"，又与那些妈妈是不一样的，只要她一开口，你就立马能觉出这种差别。因为无论是掌握教育信息的充分度，还是看问题的高度，她都比那些妈妈们不知要高出多少个段位。

这也难怪，她以前就是中学老师。

她曾经从教的学校，就是马路对面的春风中学。

一个人，如果曾带过重点高中几个班甚至一个年级，那么现在针对自家孩子一人，那还不是小菜一碟。有谋篇，有布局，这是不用说的了，因为吃透了考试、招生的那点东西了；而若她对你随便讲讲，那也是条清缕析的，因为都是经过深思熟虑了的。

所以难怪她女儿乔英子是春风中学高二"英才班"的大学霸。朱曼玉这两天也有问起过林磊儿，林磊儿说，乔英子，我们班的，比较牛的。

那么，宋倩为什么不做春风中学的老师而回家做全职妈妈了？

这是人家的私事，总有她的理由。朱曼玉不知道，也没好意思打听，但以她自己的逻辑想想看，应该是如今高中老师这工作压力大，太辛苦，宋倩有这么多房产，单房租就收入不菲，犯不着这么累。

但好像也不是。

因为朱曼玉发现,这个优雅的宋倩其实是挺能扛苦的人。比如,如今虽已不再是春风中学教师的她,其实在家里开办着一个物理培训班,每个周末晚上和双休日两天,进出她家的中学生成群结队,几十个一组轮番登场,如果按一小时一节课算,两天半连轴转下来,也是够累人的。

这么说来,辞职出来自己单干,是为了赚更多的钱吧?

可能是的。

因为朱曼玉从那些"陪读妈妈"那儿听说,这宋倩的物理"宋家私塾"在全城赫赫有名。从这里补习出去的学生,有三分之一以上得过全省物理竞赛一等奖,所以收费相当高,一小时300块。即使这样,这个补习班依然走俏到连名都报不进去,因为她家坐不下了。

这也难怪朱曼玉租到的房子,只能租半年,以后可能被另作他用,估计就是扩班这个用途吧。

虽然朱曼玉无法估算宋倩这样办班可赚多少钱,但相信一定比在学校拿固定工资高出许多倍。对于这样的选择,想来在学校方面会有争议,毕竟当老师的为赚钱而辞职出来自己单干;但放在一墙之隔的校外,如今怎样的存在都见多不怪了,个人能力最大化,这年头许多人都这么在想,这么在做。虽然她这是教育行业,但她首先是人,你总不能指望她是神吧。朱曼玉心想。

房东宋倩的这些背景,其实与朱曼玉无关,与她有关的是,自己有缘、有幸租到了她的房子,还给了便宜价。

此外,对于急于"信息补课"的朱曼玉来说,宋倩这房东是最佳的讨教人选。

于是,这个中午,请假在家的朱曼玉拿了一把香椿、一把春笋,又去了宋倩的家。

她对前来开门的宋倩说,刚在菜场看到了刚上市的香椿,就给你买了一把,香椿炒蛋,时令菜,让你家小朋友晚上回来尝尝新。

宋倩原本正在备课,她与朱曼玉客套了一番,才收下她带来的菜。

然后两个女人交谈起来。

朱曼玉来请教的问题是:以冯一凡如今的成绩状况,现在想走自主招生、"三位一体"还有可能性吗?

宋倩不好意思直接泼冷水,她向她讲解如今高考的"三位一体""自主招生""竞赛途径""高考加分"等政策各自的要求点,它们对于不同优势的学生的匹配度,以及,在哪一个时间节点上该做哪些准备。

至于是否还来得及,那由你自己判断。

宋倩说,自主招生面向极优秀的学生,一个学校没几个人,一般全国竞赛一等奖以上才有资格参加,而如果小孩想要有竞赛成绩,有些早的初三就开始训练了……

宋倩随手拿过桌面上的一张纸,向着朱曼玉写下"三位一体"四个字,说,现在还能想争取的有"三位一体",这种类型面向优秀学生人数较多,由学业水平考试成绩、面试成绩和高考成绩三部分按比例组成录取总分,这就对平时的学业水平考试有要求了,需要你家小孩迎头赶上、咬住……

她看着朱曼玉脸上渐渐浮现的叹息神情,就知道她听懂了。

宋倩说,你说你儿子作文好,你干吗不试一下复旦的"博雅杯"呢?若能得好名次,对录取也是很有利的。

"博雅杯"?朱曼玉呢喃而语,感觉这词生疏,自己真是太土了,平时太不用心了。

于是,朱曼玉就轻叹了一口气,笑了笑,对宋倩感叹道:所以呀,是要做好提前准备的,跟我们那时候高考太不一样了,多了这么多扇门,不用心、用力,还真搞不懂。

宋倩笑了一下,说,这还只是考试呢,至于以后填报志愿,种种填法规则和技巧,真会让人搞糊涂的。就比如提前批吧,那也是很有文章的……

朱曼玉瞅着她,说,这样的情况下,家长功课做得早,就是跑赢在起跑线上,起跑线往前推了,推到家长这边来了。

宋倩说,是的,现在家长的作用是越来越重要了。小孩本身整天被关在学校里,被题海包围着,他脑子里哪还有空间去盘算、理解这些瞬息万变的路径、信息,他们能每天把要对付的考试、习题应对完,就已经累了;再说,这些信息,别说小孩了,即使大人也不一定一下子能搞得明白。

朱曼玉"嗯"了一声,觉得她说得非常到位。

宋倩眼睛里有对朱曼玉微微的怜悯，笑道，是啊，现在是试错成本在提高，每一步都不能错，否则是真正输在了起跑线上，所以要计划得早，了解得早。

她语调平静，这一刻，对朱曼玉却是有杀伤力的。

朱曼玉心里焦虑弥漫。她说，真羡慕你，现在是家长懂得越多，眼光越好，小孩机会越大，如今机会成本对于不同的家庭是越来越不一样了。

宋倩说，是的，所以说，现在是寒门难出贵子，你说我懂得多，其实，我们跟那些人相比，也是寒门。人家根本不用走这条路，真正有办法的人，未必走这条路，而我们只能走这条路。

朱曼玉脸色有些苍白，她在想自己拖累小孩了。

她对宋倩说，你还寒门？我才寒门呢，我跟你这么聊，就发现了，这寒门如今不仅是指钱了，还指一个家庭的眼光、见识、格局，所以这寒门如今是双重概念了，物质寒门和"信息寒门"，我是双重寒门了。

哪里哪里。宋倩当她在开玩笑，就笑起来。

宋倩说，呵，双重？不过你这个说法倒有些别致的，现在有人提起教育公平，就包括资源要素，社会和家庭的都包括在内。但其实资源除了看得见的财富、人脉之外，每家每户的见识、眼光这些也都至关重要。呵，这么看，这也真的是没有办法的事。

朱曼玉就有些恍惚地说，我们是读过大学的，都这样了，那些农村爸妈他们哪懂啊，难怪农村小孩如今考顶级名校不太容易了。

朱曼玉这么说,是因为她想到了林磊儿。她心想,我幸亏把他带出来了,幸亏啊。

宋倩说,是的,现在什么都互联网了,想想有些家长连电脑都不会用的,那些学校的招生信息发布、调整、新出的机会点,他们哪懂啊。我在学校当老师的时候,看到这样的农村爸妈、工人爸妈、打工爸妈,心里就不好过。他们知道关心小孩学习,但也只能关心到一个成绩,好像有了分数就什么都有了,现在还真的不是。除了成绩,还有什么,他们不知道,对成绩得做怎么样的配置,他们也是懵懂的,他们只能靠小孩自己还有学校的老师了。小孩呢,我刚才说了,小孩本身被封闭在学校里;其实老师也一样,对社会信息也不太灵。现在一个小孩的成长选择,需要综合信息配置……

朱曼玉感觉她说话的风格,有点像一根细细的针,许多处扎到了自己的心里。

宋倩当然不知道朱曼玉的感受,她笑道,呵,我们与那些家长比,还能给孩子发点方向性的指令。

朱曼玉就笑称自己也差不多是信息弱势群体,也就比农村爸妈、工人爸妈、打工爸妈好一点。

然后,她告诉宋倩,除了信息弱势,自己这两天最烦心的还是,即使给儿子指令,他还逆反,听不进去。当然,有时候看他累了一天回来,还要向他发指令,心里也下不了手。

呵。宋倩笑了一声,说,小孩都差不多,该下手还得下手,你不下手,社会以后下手。刚才说的那些资源、信息、提前布局，说到底，还得作用于人，所以说还是次要要素，关键还得取决于小孩本人的意志，有意志，才是根本。

这话朱曼玉非常听得进，她就夸宋倩女儿争气，是学霸。

宋倩说，小女孩是比较听话，可能比你们家男孩听话一些，我当老师久了，知道现在的高二高三男孩很有思想，不好教，除了题目，别的都不太好教。

朱曼玉点头。

宋倩说，你家儿子我在电梯里有见过，是蛮好看的。

朱曼玉摆手，说，看上去高高大大，其实小孩一个，前两天突然说要转文科，抓狂哪，都什么时候了。

宋倩安慰她，说，男孩子嘛，以后会懂事的。

朱曼玉脱口而出：但愿如此，千万别像他爸，好像长不大似的，大小孩。

宋倩说，小孩他爸我倒还没见过。

朱曼玉说，他每天回来得晚，单位加班。

这个晚上，等冯一凡12点钟做完作业，刷好牙、洗好脸，磨蹭着走进他自己的房间去睡觉了之后，朱曼玉终于舒出一口气，从中午憋到了此刻。

她原本不想跟冯凯旋说了，但憋了12小时了，这一刻实在太需要表述出来。

于是，她就对冯凯旋复述了自己今天跟宋倩聊天时提炼的那个概念"双重寒门"。

她说这个,除为了舒解自己心里的低气压,还想敲打他一下,让他看看自己如今的落点,以及看看人家家长的状态。

女人心里急得慌时,都这样。

她说,宋倩这样的家长,小孩不吃亏。如今,家长层次越低,小孩在教育资源获得上越不公平;家长懂得越少,小孩越吃亏;家长越不经心,小孩跑得越慢,被人拉下得越远。像你这样回家只知道捧着手机玩的人,得明白你自己和你的小孩正在成为loser的路上……

冯凯旋正把一只枕头从床上拿下来,往地板上放,他说,我今天没玩手机,我今天不是在看书稿吗?

他说,我承认这个叫宋倩的房东懂得多,但我告诉你,越优秀的家长,小孩压力越大,因为她说的永远都是正确答案,这会让听的人郁闷无比。

他这么大的声音,让朱曼玉惊跳起来,伸手去捂他的嘴巴,她说,疯掉了,儿子还没睡着呢。

小难题

李胜男老师一早就遇到了两拨汇报。

一是早自习的时候,男生306寝室的张越然、宁伟宇、方辉三位同学前来反映,室友林磊儿每天早上5点多就爬起来了,在走廊上做题,每天晚上10点熄灯后还在背英语,这影响到了他们休息。

李胜男老师知道林磊儿特用功,就问他们,他早上在走廊上做题也吵到你们了?

宁伟宇说,起床是有声音的。

张越然的说法更犀利——"他制造紧张空气"。

张越然说,李老师,我们之前也忍了很久了,现在没法忍了,因为每个人都有自己的节奏。

方辉在一旁点头,他是前不久因该寝室的季扬扬搬到外面去住之后,从别的寝室调过来的。

他对李老师说,我作证,但我不想跟林磊儿计较,也可能"英才班"的人都是这么拼的,我妈这两天也给我租了房,我下星期就搬出去住了。

李胜男老师一边劝他们同学之间要团结、宽容,一边表示自己会跟林磊儿沟通的,让他改变作息习惯。

三个男生才被李胜男老师打发走了,潘帅老师就拿着一张满是红×的试卷,过来找李胜男了。

他告诉她,自己班的季扬扬昨天数学单元考试考了0分。

作为高二(4)班主任,他原本无须向年级组长李胜男汇报这样的细事,但自从上次"法拉利事件"后,他被林校长要求只要涉及季扬扬的事,把握不准的,先向"师傅"李胜男老师汇报,然后再做具体考虑。

今天需要具体考虑的,就是要不要将这个0分传给学生家长,也即,领导季向阳和其夫人赵静。

若按春风中学的有关规则,每次考试的成绩都将由班主任传给学生家长。

而若按潘帅老师以前的随意风格,这分数他也早传过去了,"呼"的一下,就过去了,哪想这么多,谁让你不爱学习。但这一次,不知为什么,他心里有一缕不妥的感觉,也可能但凡亲眼见过自己的学生被家长暴揍的老师,心里都有这种阴影。

于是，他就来找李胜男老师咨询。

其实，在找她之前，潘帅老师已从数学赵老师那儿要来了这张试卷，并有找过季扬扬谈心，因为在潘帅看来，考不及格，你季扬扬是正常，但做成0分，那是态度有问题。但，那小子以一脸习惯性的漠然，告诉潘老师说：做不来。

李胜男老师从潘帅手里接过这红×满满的试卷，第一感觉是一股牛劲儿扑面而来。她说，季扬扬考不及格是正常，但做成0分，是态度问题。

潘帅心想，这话与我完全对上。

李胜男说的第二句话是：他们不是为儿子租了房子住出去了吗？他们自己在管，那得自己负责，别到时还全怪我们。

李胜男说的第三句话是：为什么不传呢？只有及时发现问题，才能解决问题。不隐瞒，才能不放弃，别到时怪我们瞒报军情。

潘帅"嗯"了一声。

李胜男抬起头，看着潘帅，说第四句话：我更相信了这一点，孩子三观教育，主要还是取决于家庭教育，妈妈的教育。

潘帅老师从她这语气里，能听出她对那个商务厅政法处处长赵静女士的情绪，也难怪。

于是，潘帅老师回到自己的办公室后，就"呼"的一下，将这个0分传到了季扬扬家长的手机里。

中午12点，林磊儿走进李胜男老师的办公室。

他穿着一身绿白色相间的运动衫,衬着他小巧、黝黑、腼腆的脸。

李胜男老师向他转述了三位室友对他在寝室里熬夜的不满。

虽然她平时还比较喜欢这个内向刻苦、成绩拔尖、手脚勤快的小孩,但她还是得开导他。

她说,林磊儿,集体生活有集体生活的规则,集体生活更有集体生活所需要的情商。你很用功,这虽是好的,但也要劳逸结合,更不能打扰到别人……

林磊儿红着脸,局促地点头,说,李老师,我会注意的。

15分钟后,林磊儿从老师办公室出来,他没去食堂,而是去了实验楼的天台。

就像你已经知道的一样,那里是他独处时最中意的地盘,悬在高处,空旷无人,是他在这城市里,好不容易找到的私有空间。

这是个没有起风的阴天。

连片低矮的云层,衬出了楼宇林立的都市层次和辽阔的天际,有点像宫崎骏电影里某个兼具过去与未来感的迷离场景。

而林磊儿心里,这一刻却没有这样的辽阔。他对着天空在说话:小心眼,都是小心眼。

他对着遥远的楼群,为自己辩解说,劳逸结合?那些租房在外面的同学,怎么可以劳逸不结合?我们住校内的,10点就被熄灯了,而他们在外面可以学到12点!

最近这些日子，他已感觉到了这样的失衡，今天被老师找谈后，失衡感更为加深。

与这失衡相关的，还有最近实打实的冲击——有些同学在飞快地赶上来，他与他们的距离正在被拉近。

作为一名常年浸泡于题海、嗅觉灵敏的学霸，他从这些追赶者如今做题速度、分数上升的动向中，判断出了他们比他多用了时间，即，复习时间、刷题量超过了他。

他们的时间何来？在他眼里，那还不是因为他们租住在校外。

住在校外，不说他们在外面悄悄地补课，单说他们每天下了学校夜自习，回到各自的出租房之后，接下来，他们还有2小时的时间。

每天2小时，意味着什么？

意味着他们有2小时，而他林磊儿没有。

时间，让林磊儿纠结。是的，学习拼到了如今这个节点，除了天赋、身体，拼的就是时间了。都是一样努力的少年对手，差不多的智商，谁用的功夫深，谁堆积上去的时间成本多，谁就超群。

刚进春风中学时，大家都住校内，没这感觉；而现在，这空间的不同选择成本，让时间成本也被拉出了深深的沟壑，让他有了深深的痛感。

他心里在说，不公平！他们每天比我至少多了2小时。

近在咫尺的"书香雅苑"，仿佛就是证据。

每到夜深，那里众多窗子灯火通明，而其对面的春风中学宿舍楼则漆黑一片。

张越然、宁伟宇、方辉你们说我制造紧张空气，你们半夜怎么不去"书香雅苑"看看人家窗户里的灯光？要睡不着的话，哪里都睡不着。他对着"书香雅苑"那片板式的小高层公寓楼，大声说。

当然，现在抱怨室友也没用。

他想，不让我熬夜，那我怎么办？我要是有钱，我也租房去，就住到"书香雅苑"去。

于是，天台上的林磊儿，无法遏制自己伤感的视线，在"书香雅苑"久久停留。

他数着，2号楼，一单元，从下面数上去，1、2、3、4……第8层。

他知道，那里就是小姨最近为表弟冯一凡租的房子。

上周末，他已应邀去那里与小姨一家吃过晚饭了。

如今他们住得离学校这么近，邀他去过周末，他当然没借口不去。去了以后，他发现自己是多么羡慕表弟冯一凡啊。

是的，在去之前，虽然他已知道小姨租这房的用意，也知道这还是李老师的建议（小姨朱曼玉是在让冯一凡从学校搬过去住之前，悄悄告诉他了原因，并让他保密，让他有空的时候，也一起疏导表弟），但当他走进这用来读书的房子，尤其是在电梯里还遇到了同班同学大学霸乔英子后，他依然感受到了自己心生的羡意和忧愁，因为，他发现自己也需要租住出来。

甚至，可能比表弟冯一凡更需要！

因为自己面对即将来临的全国物理竞赛。

他想,将一起参加这项比赛的乔英子,比我成绩更好,是冲省队的一号人选,不也住在校外下工夫吗?

心里有这样的失落感,结果在那天的餐桌上,他看着表弟英俊傻纯的脸,心想,冯一凡你是多么娇气,还什么心情不好、心态不好的,你这么好的条件,我如果有,天天学到12点,不,学到十二点半。冯一凡,小姨太宠你了,心情干吗不好呢,不好的话,就像个爷们一样一盆冷水浴冲下去,就知道什么是好了,就利索了。

现在,林磊儿突然听见天台上有人在叫自己,他回头,见表弟冯一凡上来了。

冯一凡见表哥果然在这天台上,就问,你又没去吃饭?

林磊儿说,我哪吃得下。

冯一凡疑惑地瞅着他,问,又不高兴了?

林磊儿说,我被我们寝室的人告了,说我熬夜打扰他们了。呵,好笑吧,就连多读这点书,也要被眼红,你们眼红,就自己起来读呗,自己不想读,干吗恨我读?

冯一凡安慰他,林磊儿,你也别太用功了,你一定考得上名校的,你已经够用功了,其实你不这么用功也考得上的,太用功了有些功就变成了无用功。

林磊儿笑了一笑,说,未必,人家上来的速度也是很快的,我最近两次就考到了10名以外。

冯一凡于是就知道了,他这用功,不单是为了自己,也是为了不能让别人超过自己。

冯一凡看了一眼林磊儿,觉得他精神劲儿真好,要管自己还要管别人,两只眼睛里只有考试这事;而自己现在没这个劲儿,那是因为眼睛里还有别的事,从这个角度,是不是表哥比自己幸福?

冯一凡当然不会把这说出来,他只对林磊儿说,那也要劳逸结合,别累坏了,高考还有一年呢。

林磊儿笑了笑,心想,你也劝我劳逸结合,这全年级,可能也就你和季扬扬这有限的几个在劳逸结合。季扬扬劳逸结合有他的资本,你冯一凡在干吗,难怪小姨都急成这样了。

于是,林磊儿忍不住说,冯一凡,你太娇气了,如果我有你这样的条件,我会飞起来的。

他伸开手臂,做了一个飞翔的动作。

冯一凡说,有没搞错,我有什么条件呀?

林磊儿说,小姨给你租了房子。

冯一凡皱眉,说,那还不是为了看住我,有什么好的,每天多了两看守。

林磊儿问,看守?

冯一凡咧了咧嘴,说,唉,一言难尽,反正我原先的算盘没打着,结果发现住到一起后,我被我妈步步紧逼了,烦死了。我发现,人长大了,还真不能跟老爸老妈住一起,受不了。你知道什么叫私有空间吗?

林磊儿说，我可没机会跟老爸老妈住一起了，我妈都死了。

冯一凡心想，也真是的。

他同情地看了他一眼。

空气里就好像飘进了一些沉的东西。林磊儿嘟哝，一家人住在一起的时候，也没觉得住在一起的时间其实是很短的。我现在两个月回老家去一趟，最喜欢跟"香菇爸"住在一起，我们住在山上的棚屋里……

冯一凡问林磊儿，你想你爸吗？

林磊儿说，当然想，因为我知道他每天在想我。

冯一凡说，那是因为离得远。

林磊儿"嗯"了一声。他有些走神，他在想爸爸林永远此刻正在青凤山上忙啥呢？

冯一凡说，离得近了，像我爸妈如今这样天天贴身紧盯，还不如我住集体宿舍去。他们太烦，我现在需要私有空间，我犯傻了答应跟他们挤在一小屋，还是你们班乔英子家的房子。

林磊儿就告诉他以前自己也觉得妈妈烦，现在想听她烦都不可能了。

他说，冯一凡，现在你们还能住在一起，比起我在外面，你就已经有私有空间了。

这算他帮小姨开导表弟了吧。当然，他俩说的私有空间概念不太一样。

林磊儿说，你租房在外边住，想几点熄灯就几点，比起我，已经是有私有空间了，我才没私有空间。

天台上，能看到远处的云朵在飞快地流转，云层里隐隐透出闪电的光，是不是要下雨了？

冯一凡指了一下天台，说，那你就把这儿当你的私有空间好了。

林磊儿就对着这空旷的天台，大叫了一声"哦喂——"，像这地盘上牧羊的少年，挥了一下手臂。

林磊儿突然转过脸来，问表弟：哎，冯一凡，能不能让我也跟你去"书香雅苑"住？就像初三那样，我跟你一间房，你妈爸一间房，我一点都不吵的。你做不出的题目我刚好教你，小姨说你最近心情不好，有我在你就好了，我会给你加油的。

林磊儿突然住口，因为他发现自己有点说漏了嘴。

冯一凡没想这么多，他笑道，也好，你来了，我妈可能不会像现在这样只盯我一个了。

林磊儿说，也是，那你帮我跟小姨说说看。

第二天早自习课的时候，朱曼玉去了一趟学校。

她把外甥林磊儿从教室里叫到楼下，在花坛边告诉他，关于他也想入住"书香雅苑"的想法，昨晚冯一凡回来后已转告她，她考虑后，觉得不妥当。

她说，磊儿，小姨听从李胜男老师的建议，花血本租这房子，目的不是为了来开夜车的，而是为了来解决冯一凡最近学习心态问题的。在这个关键时刻，小姨得全神贯注看着他，如果小姨一个人管你们两个，小姨心有余而力不足了，希望你理解。

林磊儿想到室友抱怨的脸色,就央求小姨道,为什么初三的时候可以的,现在不可以了?我一点不吵的,我还可以辅导冯一凡。

朱曼玉脸上掠过一丝局促的苦笑,说,现在情况不太一样了,你以后也会懂的。

然后,她把话题转向她今天一大早来这儿想谈的重点,她说了这样三点:

1. 磊儿,以你的成绩和努力程度,不需要这样开夜车,更没必要被"别人搬出去住、别人在外面开夜车、别人在外面补课"这些念头带乱自己的节奏,一个人有时候太要强也不好,你要劳逸结合。

2. 磊儿,每家每户的情况不一样,咱得认清和接受这一点。否则你今天看到有同学搬去"书香雅苑"了,明天又有同学搬到更高档的"学优公馆"去了,如果在意,那只会在目前这么大的学习压力下,让自己的心更累。

3. 磊儿,世界就是这样的,对每个人,很难说一定得公平的,你以后去读大学,恐怕还会面对更多这样的落差。比如大学前面三年看起来差不多的同学,到大四将要走上社会的时候,他们背后的那个家庭的内力外力会完全显现出来,使他们的道路变得很不一样。世界就是这样的,我们改变不了它的时候,也只能先调整自己了。调整是一门课,像我这样的大人都觉得难,但没办法,我们只能从现在先学起来。

林磊儿咬着嘴唇在听。朱曼玉不知道他听不听得进。她伸手抚了抚他的头,这张瘦瘦的小脸让她怜惜。

在她离开之前,她笑了笑,换了一种口吻,安慰他说,你想,冯一凡比你差这么多呢,你已经够好了,你还有什么好急的呢?

然后她走了。

林磊儿往教学楼上走,虽然小姨说的他能懂,但他心里着急的依然无法改变:人家在追上来,我怎么可以不紧绷呢?如果被超过了,只怕心里会更急,更累。

在这校园里,他两手空空,成绩是他唯一的武器。

他站在走廊口回头看,小姨的背影已走到了银杏林那边,他心想,你也不用劝我,我都懂的。我理解你不让我住到你租的"书香雅苑"去,因为你儿子现在更重要。他是你儿子,你是他妈妈。你对我够好了,但如果你是我妈,那可能不会像今天这样劝我淡定。所以,我懂。

他又想起她刚才最后一句话,心想,我跟冯一凡比?我干吗跟他比?她劝我别那么要强,没准也因为我成绩比她儿子好。人心都是有奥秘的,反正可以理解。

林磊儿走到教学楼第二层楼梯转角时,听见身后有疾速的脚步声在上来。

林磊儿回头看,愣了一下。是个中年人,穿着藏青色夹克衫,戴眼镜,两手空空。

林磊儿认出了他,季向阳,季扬扬的爸爸。

于是，他就叫了一声：叔叔好。

季向阳舒展了一下原本微皱着的眉头，对林磊儿点头，说，同学好。

季向阳当然认不出这男生是谁了，他步子很大，一下子走到了林磊儿的前面。上了几个台阶后，他突然回过头来问林磊儿，请问这位同学，高二（4）班的教室在哪里？

林磊儿说，季扬扬爸爸，他的教室在我们隔壁，您找他？

季向阳这时认出了这男生就是上次给儿子洗衣服的那位，就说，哦，是你呀，能麻烦你帮我把他从教室里叫出来吗？

林磊儿笑道，好的。

他就往三楼走廊尽头小跑过去，到了高二（4）班门口，对着一屋子正在早自习的男生女生，大喊了一声"季扬扬，有人找你"，然后转过头来，见那位叔叔正沿着走廊走过来。

季扬扬从座位上起身，往教室门外走，心想，这么早谁来学校找我，别不是我妈吧？

季扬扬走到走廊上，一眼看见是自己的爸爸来了。

他心乱了一下，因为爸爸阴沉着脸，不会是什么好事。这个时间点，爸爸一个人，也不知是怎么走到这里的，校门卫、林校长没发现他来了？

季扬扬还没来得及打招呼，就被爸爸一把攥了过去，然后脸上挨了一耳光，"啪"。

季扬扬脑子瞬间空白，然后才知道痛，还瞥见教室里有同学透过走廊上的窗看见了这一幕，并失声叫了一声"呀"。

叫了一声"呀"的,还有林磊儿。

林磊儿原本正在走向"英才班"教室,听到身后的动静,他回头,见季向阳扇得季扬扬捂着脸颊,就不禁叫了一声,奔过来拉架。

季扬扬像一头小牛,跟他爸扭在一起拉扯着。

林磊儿拼命想拉开他们,说,别打了,别打了。

教室里的同学们拥出来了,拉架的,看热闹的,都有。懂事的在说,不许打,自己小孩也不许打的。

嗯。季向阳脸色苍白,对他们解释道,叔叔被他气昏头了。

季向阳被两位男生挡在走廊右侧。

季扬扬一手捂着左脸颊,被林磊儿挡在走廊左侧。

季向阳一手按着胸口,一手指着儿子,嘴唇发颤,说,你考0分,想表达什么意思?交白卷是吧?反潮流是吧?

季扬扬这才明白了,挨耳光原来是因为自己数学考了0分。

他捂着左脸颊,愣了两秒钟,对他爸说,让你丢脸了,是不是?你打吧,让你打。

见他爸没动静,他就冷笑了一声,想挣脱那些拉着他的手,把脑袋往他爸那边送,说,来吧,让你打呀。

季向阳看他这样子,气得七窍生烟,说,我这条命,总有一天会被你气死掉的。

季扬扬奋力往前,有一双手却狠狠地拉着他的胳膊往后攥。季扬扬回头见是林磊儿。林磊儿在说,算了算了,你顺顺你爸。

季扬扬情绪冲动地说:谁要他管,小磊子,我真羡慕你没人管。

潘帅老师闻讯从办公室赶过去的时候，季向阳已经火气冲冲地走出了校门，这个上午市里还有工作会议，他这个当爸的，得赶紧过去当领导。

于是，留下季扬扬这个当儿子的，左脸颊上留着掌印，坐在教室里发愣。这个早上当着这么多同学的面，尤其当着这么多女生的面，季扬扬出糗出大了，心情巨恶劣，脸上一阵红一阵白。

潘帅老师头发微蓬，快步走进高二（4）班教室。这个早上，他其实有点睡过头了，差点迟到。

昨天夜里入睡太晚，是因为"御姐"李胜男来找他探讨班级管理理念。探讨中有了争执，这么争了一场后，情绪有了起伏，影响了后来的入睡。睡不着的他昨夜还真有想过那个被发出去的0分，因为一天下来，没见他家长有意见回馈过来。他心想，明天会有什么态度吗？

结果，这个态度今天一大早就送来了，并且如此粗暴。

现在潘帅老师向季扬扬走过去，心里有歉疚：这是第二次让这小子挨他爸揍了，当然，本质原因都与自己无关，但在过程上，自己多少都是沾边的。好倒霉啊。

哪怕是再"渣"的学生，见到他被他家长暴揍，当老师的心情都不会太好。所以这一刻，潘帅老师在后悔自己昨天的轻率，"呼"的一下就把那个"0分"传出去了。

潘帅老师走到季扬扬的桌旁，伸出手指，轻扣了一下桌面，想让他跟自己到教室外去谈谈心。

　　哪想到，这小子抬起头，对潘帅老师说，你去告诉他好了，我会死给他看的，我可不是说说的，你去告诉他吧。

争 锋

苦孩子,也有他的春天。

林磊儿的春天,来自于两周后的物理竞赛,他以炫目的分数,闯入全省前15名,获得一等奖,入选省竞赛队名单。

这一成绩,不仅远超本班"物理头号种子选手"乔英子,名列所有参赛的高二物理尖子生中的榜首,而且,碾压众多同场竞技的高三选手。

面对荣耀,林磊儿脸上是他一向的拘谨和腼腆。他心里奔放的快乐,流露在他的微博和QQ空间里:"拼拼拼,我问自己快乐的道理。是意志?还是付出后有公平的回报?付出真好,回报真好,被人压着的滋味真不好……"

哪想到,这句"被人压着的滋味真不好",让他的春天吹进了一股恼人的秋风。

因为这段文字被人传到了同学QQ群，然后又在学校公共论坛里流转。

大学霸女生乔英子在哭了。

她把头埋在桌面上，嘟哝道：什么意思啊？他被谁压着了？我平时对他那么好，他这是什么意思啊？

乔英子这次竞赛没发挥好，只得了二等奖，虽然这成绩让她失望，妈妈宋倩的责备让她烦心，但林磊儿这段话更让她抓狂。

她生气地对同桌说，靠，他被谁压着了？我平时看他没什么资料，也没在外面上培训班，他向我讨资料的时候，我总是借他看。我对他这么好，他向讨我资料的时候是那么低声低气，原来他心里是这么想我的，他这是在卧薪尝胆吗？

她说，这人好可怕，原来他一直是把我当假想敌的，好可怕。

乔英子在教室里哭了一场，被李胜男老师找去谈心。她告诉老师，林磊儿好嚣张。

宋倩是晚上8点钟的时候来找朱曼玉的。她说，趁学校夜自习还没结束，小孩还没回来，我过来谈点事。

朱曼玉很高兴宋倩来串门，她一边迎她进门，一边在心里提醒自己别提这次物理竞赛。

因为她知道宋倩原本把这次机会看得很重，可惜她家乔英子发挥不佳，反而是林磊儿表现神勇，所以千万别刺激她，她还是房东呢。

哪想到，宋倩在沙发上坐下后，就对朱曼玉说起了这次物理比赛。她说，冯一凡妈妈，我家英子今天在学校哭了一场，因为这次比赛的事。

朱曼玉吃了一惊，问，怎么了？

宋倩就把"林磊儿获奖感言"向朱曼玉说了一遍。

宋倩说话时面容沉静，但言语犀利。她说，这是心理战呢，还是不懂事？这样的年纪，哪怕自己好了，说话也要顾及别人的感受。更不用说平时英子还是关照他的，看他没参加校外补习，还从我这里拿资料借他。人要有良心，虽然还小。

她说，我们英子是女生，比较单纯，对竞赛成绩她本人其实没那么在乎，因为还不懂功利，但她对同学间的这点情看得特别重，这个年龄段的小女生都是这样的，所以受不了，受了刺伤，因为感觉平时对自己那么依顺的同学，其实是把自己当成了假想敌的。

朱曼玉听罢慌了手脚，一叠声地道歉，说，小鬼不懂事，一次考好了，不一定次次好，这次只是撞了运了。宋老师，对不起，我一定批评他，让他不能这样翘尾巴。他怎么可以惹你家英子生气呢，都是同学呢，无论是英子还是你，平时对我们这一家是帮助了很多的。

宋倩听朱曼玉这么说，气就消了一些，准备回去了。她说，原本我也不想说了，因为只是小孩之间的事，但想到对你提醒一下，也是为了小孩好，小孩子以后到社会上去也得懂这些事理。

朱曼玉说，谢谢谢谢，我理解理解。

但接下来，宋倩的做法就让朱曼玉不能理解了。

当天夜里，宋倩在电脑上写了一篇1000字的文章，贴到了学校公共论坛上。那里是学生、家长交流观点的地方。

朱曼玉知道这事的时候已经是第二天中午了。她因这事被李胜男老师叫到了学校。

李胜男老师先向她说了"林磊儿获奖感言"风波。

朱曼玉说，我知道这事了，昨天乔英子妈妈对我说过了，昨天夜自习后，我已经来学校跟林磊儿说过了，让他把那段微博删了，同时让他今天向乔英子道歉。

李胜男老师点了点头，她找朱曼玉来学校其实想说的还不是这个。

她把电脑打开，指给朱曼玉看学校公共论坛里的一篇文章，说，这是昨夜12点，乔英子妈妈宋倩发在论坛上的。

朱曼玉一看，头皮发麻，《从所谓"被人压着的感觉"说起》。

朱曼玉心想，她怎么了，我不是已道歉了吗，也答应她批评磊儿了，她还发这个？

李胜男老师皱着眉，伸出手指点了一下电脑屏幕，对朱曼玉说，这是不太好，家长介入这事，更离谱的是，有好事者复制了这篇文字，还改了题目，叫"讨林檄文"，在朋友圈里、QQ里到处转。

所以，这时朱曼玉才明白了李胜男老师找自己过来，不是为了让自己去批评外甥，而是让她赶紧去对外甥进行疏导。毕竟还是小孩，网上的许多东西，搞到后来有时连大人都受不了，更别说小孩。

李胜男老师对朱曼玉的另一个要求是：他们家长介入了，你们这边就不要再介入了，否则很难收场。以前发生过这样的情况，两个学生的家长为小孩的事争得不可开交。

朱曼玉连忙点头，说，我们不会介入，李老师说得对，小孩的事，大人掺和进来干吗？

她对李老师保证，自己不会在网上参与此事。

她心想，一则，我哪里写得过她呀，她说话是什么层次，我是什么层次；二则，我还想不想租她的房子了？

朱曼玉从李老师办公室出来后，就去男生宿舍楼找林磊儿。她得让他尽快从这事里出来，网上的东西当它没有，别去回应，越回应情绪越被扯进来。

她飞快地走着，想到宋倩，她心里也有纳闷：按理说，她的认知水平和行事方式，还不至于这样？

现在宋倩走进了李胜男老师的办公室，她穿着黑色的迪奥套装，挽着一个LV包，对李胜男笑道，师妹，你找我？

李胜男老师确实是宋倩大学物理系的师妹。7年前李胜男大学毕业报考春风中学教职岗位时，宋倩还是当时的考官。李胜男执教后，宋倩还当过李胜男的师傅。宋倩辞职之后，师姐妹俩虽不像以前那样每天在办公室面对面了，但也有来往，尤其如今宋倩女儿乔英子就在李胜男老师的班上。怎么会没来往呢?

李胜男老师用手点了一下桌上的电脑,说,师姐,你写这文章没必要的。

宋倩知道她指的是什么,就笑道,可能是冲动了一点,昨天夜里越想越气,受不了,就写了。师妹,咱英子平时以那么纯的心思对待同学,那小孩平时拿她的资料也是顺声顺气,但现在他在网上那么多人面前没给她面子,这是在卧薪尝胆吗?我女儿也不是吴王啊。

李胜男老师向她摆手,说,师姐,没必要,没必要,是中学生之间的事,一个是只顾着自己太得意,一个呢,又太敏感了,其实也未必真的有那么多心思。

宋倩说,你是这么说,我当老师的时候也会这么对家长说,但英子是我女儿,我当妈的就会想多一层。如果她平时没对那小孩有帮助,这伤不到她。但,偏偏有,所以她就在乎别人心里原来是这么待她的。在她这个年纪,尤其在她现在这么关键的学习阶段,她心态起伏,这让我夜不能寐。也可能这就是所谓的"心理战",真的,师妹,这几天我感觉我家英子对物理都提不起兴趣了,所以我就写了这文章,可能是冲动了一点,但也是想表达对当前中学生学业竞争的想法:同学不是用来PK的对手。

这师姐说话一向具有高度,李胜男知道这一点。

李胜男又指了一下电脑,说,可是,有人把它改了个题目,叫"讨林檄文",这对那小孩也是有压力的。

宋倩一愣,没想到有人竟把自己的题目改成这样。她说,这倒是不太妥。

然后，她又轻摇了一下头，说，唉，那也只能让他自己消化，我们也在消化他带给我们的负面情绪。

李胜男说，这么搞真成了心理战了。

宋倩看着李胜男，摊了一下手，说，好了好了，师妹，我跟那小孩的小姨再沟通一下，尽快让这事过去。

朱曼玉站在中午时分的实验楼下，将李胜男老师的意见和自己的想法，告诉了外甥林磊儿。

林磊儿的脸上有茫然和惶恐。

他说自己写获奖感受时也没想这么多，因为一高兴，就没想太多，早知道这样，就不写了。

朱曼玉相信。这个年纪的少年想自己比较多，未必时时都能想到连带到别人的细节。再说，不上纲上线，也真不是大事。

朱曼玉问，今天去向乔英子道歉过了吗？

林磊儿说，说了，她接受了，说算了。

林磊儿又问小姨：那，我还要去向她妈妈道歉吗？

朱曼玉说，不用不用，你们中学生的事，你向英子道歉过了就好了，你尽快忘记这事，不要影响心情，不要到网上去回应那篇"檄文"。这像麻线团，会越扯越败坏心情的，再说，我们还租着她的房子。

林磊儿说，那我就去向她妈妈道歉呗，道歉又不会死。再说，如果乔英子以后对我很冷淡了，我也不舒服的。

星期五晚上，林磊儿前往宋家，向宋倩乔英子母女俩表达歉意。

是朱曼玉带他去的，为了表示诚意，她把自己的儿子冯一凡也一并带去了。

林磊儿说得结结巴巴。而冯一凡第一次上楼来宋家，好奇地打量着房间里的布置，觉得很有意思。这个屋子比自家租的那个要大得多，在多出来的两间房里，都挂着写字的白板，地上摆放着一堆小椅子，不像家，像课室。

宋倩对着结结巴巴的林磊儿，连连摆手说，不用了，不用了，宋老师知道你明白了。

她对朱曼玉笑道，好了好了，小老百姓干吗难为小老百姓自己，我们都是只能靠读这点书的人。

她又看着女儿英子，说，同学还是同学，以后人家问你讨资料，也还是要借他看的，好不好？

英子点头。其实从他们进门起，她就觉得局促，同学林磊儿上门来向自己妈妈道歉，而且他表弟冯一凡也来了，这事跟他表弟有什么关系啊。

说到资料，宋倩突然又转过脸来，对林磊儿说，借英子的资料，毕竟也是二手的，你有时间的话，也可以到我这儿来补习，再拓展一下思维，冲一冲。

宋倩这么说，朱曼玉要到后来才能明白，这不是随口而言。

因为宋倩的这个"宋家私塾",也需要有高手为她撑门面,尤其需要像林磊儿这样已获一等奖、入围省特训队的尖子生,来提升补习班档次,增加培训质量说服力,以吸引更多的生源。

对于宋倩的目的,虽然朱曼玉一时无感,但林磊儿是听进去了。

不过是以他自己的思路。

他的思路很现实:一、发生"获奖感言"这别扭的事以后,以一个男生的自尊,他可不好意思再向乔英子讨资料了;二、他疑心英子妈妈这话里,是不是有说他干吗不找她教,而只向她女儿借资料,暗示他不花钱买知识的占便宜心理;三、李胜男老师也有建议他在外面增加点培训,因为明年高三如若拿下金牌的话,那就可以免试进北大清华了,而这宋倩老师,是全城最牛的物理"金牌培训老师",早听人说了。

补习费

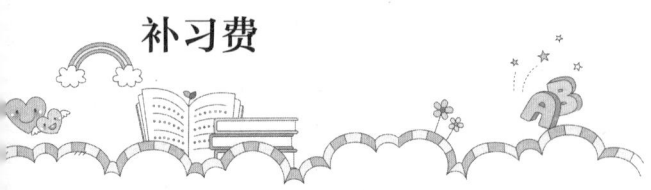

城西的"经纬化学"培训班,火爆到根本报不进名。

朱曼玉四处托人,甚至通过在电视台当台长的老乡,找到租给该培训机构场地的某公司老总,这才终于联系上了办班的蔡老师,让他点了头,答应给冯一凡留个名额。

今天一早9点,朱曼玉从"书香雅苑"附近的工商银行里取出钱,8000块,小心地装进包里,准备下午去"经纬化学"缴掉学费,占住这得来不易的坑位。

哪想到,中午的时候林磊儿来"书香雅苑"找朱曼玉,说自己想去宋倩的"宋家私塾"参加培训。

林磊儿是在学校食堂匆匆吃了午饭,就过来的。他知道小姨最近请了年休假，在家。

他对小姨说，我打听过了，她那儿要1万块钱的补习费，我们班毛玉、张志鹏他们也在她那儿补。

朱曼玉听罢，又惊又愣，脱口而出说，你学得这么好了，不补也是可以的。

林磊儿支棱着眼睛，说，学得好，才需要补。

朱曼玉说，差生才需要补呀。

她心里想着自己包里的8000块。

她心想，磊儿，小姨没钱了，只有这8000块，等会儿要去给冯一凡报"经纬化学"班的。

林磊儿的小脸上有着发愣的表情。他告诉小姨，好学生都在外面补，好学生更需要补，好学生补更有效，否则我怎么冲击明年的金牌？他还告诉小姨，就算这1万元是我向你借的，以后我会还的。

朱曼玉脑子里乱线横飞。她急不择言，嘟哝道，没有金牌没关系，你表弟化学都不及格了。

她知道林磊儿听不出这两者的关联，所以可能误解。

千万别以为我是小心眼，眼红你比他成绩好。她心想，我是真的没钱了，这么1万、1万的，你俩已经总共在补4门课了，再加上房租，如今冯一凡化学还要这8000块，而你还要1万块，小姨不是开银行的。你说向我借，你才17岁，没有"借"这种事的。

林磊儿果然理解偏了，脸上有茫然的表情。他央求道，没金牌怎么没关系？小姨，拿了金牌可以免试进北大清华，以我现在的水平，老师说我很可能拿到明年全国金牌。这我自己也有感觉，金牌别人想拿都拿不到，我就差一点点了，如果拿到了金牌，我们这一家就出北大生、清华生了，不是谁家都能出的。

朱曼玉懂。她做财务的，一向会算，怎会不懂？

只会更懂。

虽然这小孩说这些可能没那个意思，他只是盯着自己想要的金牌，但以朱曼玉的思维，这不就是一个家庭有限成本的"公平与效益"问题吗？即，是花在一个身上，让他冲成精英，还是平均用力，但最后，一窝常庸？

农村家庭、多子女家庭，以前不就是这样算的吗？好不容易算出一个大学生。

但冯一凡是我自己的儿子哪。

她感觉心里有抓狂感在上来，额头在冒冷汗。

她想，我对你已经够用力了，小姨不能放弃儿子，他以后过得糟，小姨也过不好。你以后好，也未必能关照得了他，如果你现在不考虑别人，以后哪怕再好，怎么还会管他呢？

她瞅着林磊儿正在渐渐失望的神色，心想，如果说我这样也是自私，如果说这两种选择对你我都是自私，那我也只能选择前者了。因为我已经对你付出了，不能让儿子为你付出了，没这能力了，也不可以的。小姨当时将你从山里接出来，哪会想到这么不容易。

于是，朱曼玉就直说了。

她说，磊儿，小姨没钱了，即使你想向我借，小姨也没这个钱了。因为小姨还想给冯一凡再报个化学班，所以没钱了。小姨想让你拿金牌，但小姨也想让他考上大学。你免试进北大很重要，但他考上大学更重要，因为你是锦上添花，而他是面包有没有的问题。在这个事上，我们不能考虑投入产出，你明白吗？

林磊儿还是中学生，他想的只是自己的金牌，没想过这金牌与冯一凡考不上大学可能会有关系。它们真有关系吗？表弟最近不爱读书、化学考不好又不是因为我。他想。

但他明白小姨没钱了，小姨的钱，还得给表弟报一个化学补习班。这样表弟就有4个班了，而自己只有1个，因为他是她的儿子，因为自己成绩目前比他好，这是很容易明白的，也是没办法的事。

于是，他就脸红了，对小姨说，我懂了，那就算了。

下午去"经纬化学"缴了费，回来后，朱曼玉心里一直在过速地跳。

这甚至影响到了她晚上跟儿子说参加"经纬化学"培训课时的情绪，以致没使出更柔和的语气和更会哄的说法。

所以效果很差。

因为，儿子冯一凡说，我不参加这个"经纬化学"。

为什么？

冯一凡说，因为我已经在补3个班了，没时间了。

他正在餐桌上做夜自习还没完成的数学作业。

朱曼玉说，妈妈给你考虑过你的时间了，还有星期六晚上空着，就两个小时，阿宝，你知道妈妈是好不容易才报上名的。

冯一凡不喜欢听她叫自己"阿宝"，都快1.8米了，还"阿宝"？他从作业本上抬起头，皱了一下眉头，坚决地说，我不去。

朱曼玉说，钱都交了。

冯一凡瞟了一眼坐在沙发上看手机的爸爸冯凯旋，这爸爸20分钟前才从外面回来，头发吹得像个小开，还说自己在加班，最近怎么这么爱臭美？不会有小三吧？

冯一凡心里就有一些莫名的抓狂，他就看着另一张正盯着自己的抓狂的脸，对她说，我知道你在心疼钱，也在担心面子，心疼钱是因为是你的钱，担心面子是因为托了人又不去了。但是，你的钱与你的面子，跟我有什么关系？所以，我不去！

朱曼玉都要急哭了。

而冯凯旋却笑出声了，他一直竖着耳朵在听母子俩的话，觉得儿子表达得相当有趣、到位。

朱曼玉像触电似的把视线转向冯凯旋，他这笑得乐不可支的样子什么意思呀。她没好气地说，笑什么？还笑得出来？你看看你这儿子。

冯凯旋收起笑，扬了扬眉，对她说，那就顺他一次呗，别去了，他也够辛苦了。

朱曼玉刚才被儿子点着的火，现在往老公的方向蹿，她说，我顺他，别人不顺他，考试不顺他，生活不顺他，我顺他有什么用？

冯凯旋说,呵,生活顺不顺他,那也要看他的心情,若心情不佳,生活顺他又如何?正如你顺生活,是为了让生活顺你,这顺到了心累,顺又如何?就像有的人要别人事事顺他,他才快乐,那他知不知道人家可能是郁闷的?

他刚刚做了主持回来,语调在往上扬,排比句的语感不由自主地涌出来。

冯一凡瞟了这个爸一眼,觉得他有些眼生,但说得比较牛×。冯一凡笑了笑,低头做作业。

朱曼玉面对这堆绕口令似的话,一下子理不出头绪,但知道他怪自己管得太严,就没好气地对他说,如果他表哥有这机会,不知会高兴得怎么样了,真是不知福。

朱曼玉面前掠过中午时林磊儿的面孔。

她说,真是穷人的孩子早当家。

冯一凡从作业本上抬起头,对她说,如果他觉得是福,那你就让他去呗,我不去。

冯凯旋看了一下墙上的钟,十点半了,他知道母子俩今夜不会吵出结论的,就"嘿嘿"笑了两声,对朱曼玉说:确实咱们一凡不一定觉得是福,每天做作业到半夜,我看着都已经是够苦了,谁还会觉得补课还是福呢,我都觉得不是福。要不,这个"化学班"算了,再想想?

他今晚的表现让朱曼玉很不满,她心想,你怎么了,难道劝小孩顶住是我一个人的事?你不仅不顶住,你还使倒力,什么意思啊?谁不知道读书苦啊,现在哪家小孩不顶住?你倒好,说你自己也觉得苦。

朱曼玉就控制不住自己的情绪了,她尖声说,你觉得苦,所以现在混成这样,连当个爸都不像样。你这独生子女,从小被宠坏了,因为没吃过苦,所以不会扛,没意志,永远长不大。小孩子不吃苦,只会是"妈宝"。

冯凯旋心里的气往上冲,他冲口而出:明明在说儿子的事,你怎么又扯到我身上?我以前是没当过爸,难道你以前当过妈了?

他一边说,一边心想,你总是这样在儿子面前诋毁我,看不起我,你自己有多了不起?

于是,冯凯旋继续说,你说我不吃苦?我都当过兵了,我自考、专升本,怎么就没吃苦?你要别人多出息,才能说一声"够了"?

冯凯旋说,你这么压他,他哪天也会是"妈宝"。

朱曼玉看这老公直着眼睛,这么与自己顶起来的样子,心里虽火冒三丈,但也知道此刻得把火气压下去,因为儿子在一旁做作业,因为儿子做完了才能去睡觉,因为儿子心情得不受干扰。再说,现在已经不早了,所以镇定,必须镇定,否则还租这房子干吗?还要挤住在一起干吗?

朱曼玉于是冷冷地看了冯凯旋一眼,淡淡地说,我现在就对你说,够了、够了,你够了,因为小孩在做作业。

冯一凡从作业本上抬起头,他刚做出了一道比较难的物理题,所以现在脸上的表情有些轻松。他说,你们吵吧,尽管吵,我喜欢你们吵,你们吵,我才能待一边去,你才没空盯着我。

第二天傍晚,朱曼玉拎了一包零食,去实验楼找林磊儿,但没找到。

然后她去了教学楼、男生宿舍楼,也没看到林磊儿的人影。

她问同学。同学说,不知道,也可能在实验楼吧,他是冲竞赛的选手,平时下午、晚上总在那儿。

朱曼玉说,那儿没有,我刚从那儿过来。

林磊儿是没有手机的,即使有,学校也不主张中学生带手机上学。

于是,朱曼玉只好走进儿子冯一凡的教室,找到儿子,问,林磊儿呢,他去哪儿了?

冯一凡像这个年纪所有的少年,不喜欢爸妈来教室里找自己,虽然这样,他还是对妈妈说,我知道。

他带妈妈上了实验楼的天台。

暮色中的天台上,空无人影,冯一凡叫了几声"林磊儿",没有回应。

冯一凡摸着自己的脑袋,自语道,他去哪儿了呢?他这么用功的人,不会跑到校外去玩的。

他对妈妈说,没事,也可能在卫生间,你带给他的东西,我帮你转交,你先回家。

朱曼玉站在天台上的感觉不是很好。苍茫的黄昏,正在升起的万家灯火,从高空看过去,让她有些晕眩、虚飘。更何况,从昨天起,心里就时不时地"突突"跳一下,好像有什么东西悬着,那种感觉,就像读书时,每每想到还有题目没解完。

今天虽不是周末,她也给林磊儿拎了一包吃的东西过来。除了带了吃的,她还带了一些想说的话,毕竟他昨天是这么失望地走了,毕竟他讨的是补课,又不是什么玩具。所以她还想解释几句,虽然她琢磨了一天,还是无法满足他的愿望。

冯一凡带着妈妈从天台上下来,看见实验楼下的篮球场上季扬扬一个人在灯下练投篮。

冯一凡知道林磊儿喜欢跟这人交好,还常帮这小子去校门外买饮料、外卖,没准他知道呢。

于是,虽不情愿与季扬扬说话,冯一凡还是硬着头皮,冲着球场大声问了一声:哎,季扬扬,你知道林磊儿去哪儿了?

季扬扬没回头,但答话了,说:回家了,上午向我借钱买票回家去了。

哦。冯一凡看了一眼妈妈说,他回家了,也不跟我说一声,今天又不是周末。

今天才是星期四。

他注意到妈妈脸上有了急躁之气。妈妈在说,回家?他回家去干什么?

干什么?冯一凡说,还干什么?看他爸去呀。

朱曼玉回到家,抓狂翻找老家青凤村朱忠村主任的手机号

166

码,找到了,打过去问,我外甥是不是回来了?你帮我去看一下,小孩子到底有没回来,我找不到他了,他是不是真回家了?

她听见朱忠村主任在那头说,这么晚了,我也没法去看呀,他回来的话,也多半去青凤山上他爸那边的香菇基地了,那里手机又没信号。

朱曼玉心里凌乱,她说,我只要知道他回到家了就好,因为今天又不是周末,不是回家的日子,他平时也不怎么回家,怎么今天就自己回去了呢,是不是真回去了……

朱忠村主任见她这么急,就答应问问其他村民,今天有没谁在村里看到过这小孩回来。

结果20分钟后,他电话过来,告诉焚心似火的朱曼玉说,嘿,还真有人下午在长途汽车上落点那儿,看到磊儿了,还打了招呼,曼玉,应该没事了吧。

林磊儿是回老家了。

朱曼玉心里一万只蚂蚁在爬的那一刻,他正坐在爸爸林永远的香菇种植基地里吃晚饭。

这里是青凤山的山腰,晚风吹得树林沙沙作响,四下宁馨,远处是暮色中连绵的群山,映着天边落日的余晖,身后是菇棚,林磊儿自小熟悉的林间气息,此刻充满了他的鼻腔,而嘴里是爸爸种的鲜菇的滋味。

"香菇爸"林永远,小个子,瘦削,微微笑着的时候,眼角边几道皱纹延展到鬓角,衬着眼睛里清亮的光亮。

现在他就这样笑着，看儿子吃饭。儿子突然回家，他来不及准备更好的菜肴了，就随手割了几种鲜菇，小炒、煮汤。

与往常儿子每次回家时一样，父子俩的话语其实并不多，山里人都不习惯纯粹的长谈，但坐在一起，东一句西一句的碎语，又好像把这山林、菇棚、心里都填到了。

在林磊儿后来的记忆里，这个晚上，爸爸有问过他读书苦吗。他说，还好。

这个晚上，爸爸对于他物理比赛获奖，非常高兴，说，可惜你妈妈看不到了。

这个晚上，爸爸对于他未来做什么，好像没什么特定的期待，微微笑着，说，有得当公务员医生科学家当然好，但如果没得当，那也没关系。

这个晚上，爸爸说，如果你们每一个人都想当公务员医生科学家，那谁种田呢？所以种田也没什么不好。

这个晚上，爸爸对他说，不要学得太苦，不高兴了，就快快回家，跟爸爸一起种香菇。

这个晚上，这些话飘过林磊儿耳边时，他以为是爸爸担心他学得太累，所以在宽慰。

这个晚上，爸爸说，小姨不容易，好心肠，要一辈子对她好，向她学。

这个晚上，爸爸没问他为什么回家，所以他一直在犹豫，要不要跟爸爸说"补习费"。

后来夜里，他睡在木板铺上，听着爸爸的呼吸，他抬起头，透过窗看着山月挂在对面的山顶上，心想，明天中午回去的时候，向"香菇爸"提一下，如果他没有，那就算了。

第二天中午，他在下山前，跟爸爸说了想去补习的事，然后说了1万块。

他看见"香菇爸"原本微微笑的脸好像被冻了一下，1万块？

爸爸微微摇头，要这么贵啊？

爸爸说，磊儿，要不算了，咱们现在能这样也已经行了，好不好，磊儿？

第二天傍晚5点，朱曼玉在城南公共汽车站出口处，看见林磊儿出现时，差点眼泪都出来了。

这张小小的脸，混在车站行色匆匆的人流中，有着令她眼熟的老家山里人的表情。她迎着他走过去。

呵。林磊儿也看见小姨了。他笑着，把一只手伸到头上，向她招着，然后走到她面前，把一大袋香菇递给她，说是爸爸让带来的。

朱曼玉接过袋子，伸开双臂，抱了一下外甥，问，回家干什么去了？

林磊儿说，看爸爸去了。

不再言说

"经纬化学"培训班,开在中山路一幢临街的16层楼商务大厦里,楼下是麦当劳等餐饮中心。

所以坐在培训教室里的冯一凡,能闻到炸鸡的味道,但他没想吃的欲望。这个星期六的晚上,他坐在这里,前后左右都是穿着不同校服来补习的中学生。

他们来自这座城市的各家中学。其中有几张脸,冯一凡从小学起就已熟悉,年年月月,他们与他相遇在不同的补习班里,一起长大,补补补,同是天涯沦落人。

与以往所有抗拒的结果一样,这一次冯一凡最终还是被妈妈朱曼玉逼进了"经纬化学"培训班。

现在他坐在这里,心想:你可以让我来,但我可以从此不跟你说话!

是的,这话,其实在刚才朱曼玉开车送他来的路上,他已经对她表达了。

他对着她开车的背影说:我非常反感什么事都要由你定!我非常非常反感最后还是得听你!这比反感"经纬化学"本身还反感!所以,从现在起,我不想跟你说话了,这是最后一句话。

朱曼玉瞥了一眼后视镜里的儿子,没吭声,心想,你以后大了会懂妈妈的一片心,你以后自己当家长了,会懂妈妈现在的不容易。是的,好不容易才报到的名,当然要来的。

车到了培训点,冯一凡推开车门,拎起书包,一声不吭,头也不回地上了楼。

从这一天起,冯一凡真的不跟妈妈朱曼玉说话了。

开始时,朱曼玉还以为儿子这是任性玩玩的花招,但哪想到,他这是来真的了——现在他每天下了夜自习回到家后,一声不吭,顾自己做作业;第二天起床后,同样一声不吭,吃了早餐,拎起书包就去学校。

因为整个白天,连同夜自习都在学校,冯一凡在家的时间本来就短,这使他还真能做到不跟她说话,一句不说。

冯一凡不跟妈妈说话了以后,这房间里的怪空气立马就显出来了。

是比冷战更冷,比虚空更虚的气氛。

朱曼玉自己倒是说话的，但儿子像一个黑洞，她对他发出的任何声音，都得不到一丁点回弹。

这使朱曼玉失去了言说的空间。

她住到这儿来可不是为了跟冯凯旋说话的，哪怕她在儿子那儿再受冷遇，她也不会有兴致跟冯凯旋多聊，他俩本来就言多必不合。儿子不跟她说话，她也就丧失了说话的兴趣和主要对象，吱不出声来。

于是，冯凯旋就感觉出了这屋子里突然静得诡异。他当然看出了问题所在。但，在这房间里，他也不太有话说，因为：

1. 自打三人租住这儿的第一天起，朱曼玉不就关照他少说话吗？

2. 他也没兴趣跟朱曼玉多说什么，因为多说一向必吵，儿子回来是为了静心读书和晚上休息，不是为了来听爹妈吵架的，这他明白。

3. 儿子不跟妈妈说话了之后，虽跟爸爸还说几句，但话也不多，因为父子俩本来就话不多。

父子俩本来话就不多，这也没什么奇怪的，现在很多家庭里的父子也情况类似——当爸的累了一天回来，"葛优躺"或者看电脑看手机，家里管教小孩的声音，基本上都是妈妈发出来的。如今不是有种说法叫"爸爸缺场"嘛。

在冯家，"爸爸缺场"的原因，在冯凯旋眼里，那是你女的朱曼玉霸着位，而在朱曼玉眼里，那是你男的冯凯旋"自动离场"。

无论过去原因为何，现在，这个为"高考"临时搭班演出的奇葩之家，面对的新命题是：妈妈事实上被噤声了，那么这当爸爸的，要出场了？

这房子里的冷空气，确实让人不自在。

现在冯凯旋是在使劲，他想让它稍稍热一点起来。否则，这不正常的感觉在这屋檐下太一目了然。

于是，冯凯旋见缝插针，主动、笨拙地跟冯一凡这么个半大小子没话找话。

但他发现，这有点麻烦。麻烦的倒不在于儿子对他的搭讪有无回应，而在于朱曼玉往往插话进来，搞得儿子立马不吱声了。

这房间里，冷气弥漫，无计可施。

夜里十二点半，朱曼玉在儿子睡了后，对冯凯旋说，他不跟我说话了，你看看，他真不跟我说话了。

冯凯旋心烦地说，我有什么办法？我要睡了，我累了，你别说话。

朱曼玉坐在床上，瞅着地板上打地铺的老公，无限悲愤，说，你们都不跟我说话，我累死累活，成招人嫌的老妈子了。

冯凯旋嘟哝道，我有什么办法，你明天找他们老师想办法吧。

第二天一早，朱曼玉去了春风中学李胜男老师的办公室。

李老师不在。

朱曼玉站在走廊上给她发了个微信，说自己有事想跟她讨教。

李胜男老师回复说,自己这一周在北京开教学交流会。

她让朱曼玉先找潘帅老师,因为潘老师是她的助手。

人在北京的李胜男老师猜测朱曼玉可能是为冯一凡转文科的心结问题而来。她心想,那你就先跟潘帅聊聊吧,他上次家访虽不靠谱,但对冯一凡的情况多少了解。她还心想,潘帅也得好好练练如何对付女家长,女家长比较难缠,都找我的话,我连一道防线都没有。

朱曼玉看了微信,就往潘帅老师的办公室走。

在她的印象中,这是个小年轻老师,大男孩。

她想,跟这么个大男孩讲得清吗?

其实,这时的潘帅老师没在办公室里,他正在教室里让学生默写韩愈的《师说》。

这间教室里,正在迎来一场让他目瞪口呆的突发事件——

他看见坐在最后一排的季扬扬咬着笔头,在看天花板,看了一会天花板,低头写几个字,然后又看天花板……

全班除了季扬扬,男孩女孩们都在奋笔疾书,教室里一片沙沙声。

突然,季扬扬抬起手,"嘶"的一声,将自己面前的本子撕成了两半,然后继续撕,本子瞬间变成了碎片。

同学们闻声回头,自然一片惊呆、哗然。

季扬扬脸上带着欲哭欲笑的表情,他把手里的碎纸,往头顶上空一抛,它们像雪花一样飘落。

潘帅惊愣了，心想，他捣什么乱啊。

潘帅对学生们说了一声："大家别管他，自己写自己的。"

哪想到，季扬扬突然放声哭了。

这简直颠覆了他平日的酷样。出糗程度，直逼上次他爸气急败坏当众扇他耳光。

但他好像不管了，他疯狂地哭道：我不写了，我不读了，不想读了。

潘帅老师见状虽惊慌失措，但知道这小子厌学，知道他这是在发泄，就快步走过去，劝他：默写不出没关系，不要写了，没事，以后再写。

季扬扬泪眼婆娑，嚷嚷：我休学，我不读了，我要出去。

潘帅当然以为"我要出去"是出教室，确实太丢脸了，一酷哥突变"大宝宝"，于是赶紧扶着他的肩膀，说着"好好好，出去"，一起从教室后门出去。

潘帅一边走，一边哄：不默写没关系。

这小子甩开老师的手，脸上的踉劲儿在迅速回来，他梗着脖子，对老师解释自己的失态：太憋屈了，我没想捣乱，是我自己太憋屈了。

潘帅心想，默写不出来觉得憋屈？难得你今天在乎这个，你0分不是都考过了，也没在乎哪。

季扬扬在说，他们把我搞到这里来，就是为了让我每天有挫败感，每天没有尊严，我不想在这里待下去了。

潘帅老师傻眼了，直接说出来了：挫败感？平时也没见扬扬你有这么在乎默写、考试啊?

季扬扬梗着脖子,愤然说,我在乎的,很在乎,非常在乎!我恨他们把我搞到这里来!他们就是为了让我显得很差是不是?这里全是学霸,就是为了让我只有挫折感,没有自尊,只有失败。

这是潘帅老师自带这个高二(4)班以来这小子跟他说得最完整的话。

这话里,除了他感觉"他们"可能是指"他爸妈"之外,其余信息还需日后消化了再做回应。比如,这小子一向骄傲、拉风与这话里的"挫败感""憋屈""没有自尊"的关系,它们是一个铜板的两面吗?

到了楼梯口,季扬扬还在说:太憋屈了,这里不是我待的地方,不适合我,我要去留学,我要学篮球,学音乐。我不跟他们比了,他们也别跟我比了。

潘帅说,对对对,你可以出国的。

季扬扬说,既然他们迟早要让我出国,那干吗还让我到这里来?受挫教育吗?我受挫够了,为什么不让我去国际学校,哪怕普通高中,我要去学篮球,学唱歌,我会成功的。

潘帅老师也不知怎么劝,只能哄他几句,夸他打球是不错。

随后,看他情绪渐渐平息下来了,潘帅老师就表示不会把这撕本子的事跟他家长说的,让他放心。

嗯。季扬扬点头,说,我恨他们。

潘帅老师这一次确实不会向他家长说了,哪还敢啊,有上两次教训,心里阴影面积大着呢。

潘帅老师就是在这样混乱的情绪中,走进办公室,看见了朱曼玉。

你说他会有怎样的心境劝她?

他听了朱曼玉描述的冯一凡近况,睁大了眼睛,说,他不跟你说话?我劝劝他看。

朱曼玉说,谢谢老师了,我真是没办法了,只能来托老师了。

他问,他是单单不跟你说话,还是也不跟他爸说话?

朱曼玉脸红了,说,他跟我不说,跟他爸有时说几句。

潘帅老师想了一下,说,如果他认定不想跟你说话,那么你也可以先冷他一下,千万别黏着他说话,这就像单恋,对方没回应,有时不妨先冷处理。

朱曼玉看着这大男孩,觉得他可能在恋爱吧,说得倒是对的。

潘帅老师说,以我自己当中学生时的感受,如果你儿子不喜欢你盯得紧,那你不妨先顺他,远离一点;如果他不喜欢跟你住一起,那最近可以让他先回学校来住,因为眼下是高中的关键时段,先不要引发中学生更多的情绪,免得误了大事。

嗯。朱曼玉看着这个大男孩老师,点头说,老师真有经验,只是当时我们听李胜男老师说得有道理,考虑到冯一凡最近心态有问题,在学校无人沟通,这高中最后一年又这么关键,所以就租房陪他一起住,房租也先付了呢。

潘帅皱了皱眉,说,问题是,冯一凡现在不跟你说话,那哪谈得上疏导,甚至变成了谁疏导谁的问题了;如果你不想让他回学校住,那么你搬出来,让他爸陪他住。他爸我见过,蛮幽默蛮好玩的。

朱曼玉心想,天哪,让我搬出来?那个蔫人,你还说他好玩?

朱曼玉问,老师,你们以前也遇到过不跟家长说话的中学生吗?

潘帅立马回答:有,但也不多。我听我们学校心理老师金老师说过,有类似不跟家长说话的学生;我也听说过有中学生因为学业压力大、家长闹离婚、情绪处理不当,引发少年情感障碍,突发抑郁症。

朱曼玉两眼都直了,心头一万点暴击,她失声说,啊,突发抑郁症?

于是,她请求潘帅老师带自己去找春风中学心理老师金淑芳。

金老师对朱曼玉这样的家长见多不怪,她简要地讲解了少年突发抑郁症的相关知识,安慰朱曼玉放宽心,之后,她也说到了当前家校联手做好学生心理辅导工作的重要性。她说,高考遇到青春期,这本来就有挑战,加上现在转型社会,当家长的也在疲于应对自己的中年问题,叛逆的青春期有可能不巧遇上中年危机,这是以前没遇到过的社会群体现象……

金老师绝对不是有所指,只是她前天刚好在教育期刊上发表了一篇此主题的论文,所以心得正满,所以也没注意到朱曼玉脸颊上的细微颤抖。

金老师同意潘帅的建议,即,在目前的情况下,可以考虑采取"冷处理"手段,缓和母子矛盾。

朱曼玉蒙圈，问，要冷多久？是我冷他，还是让他冷我？

金老师笑了一下，说，都是冷，效果是一样的。当然，你也可以视具体情况判断，如果感觉不妥，可以带小孩去医院看看情感障碍科，要留意得早。

就在这同一天，中午十二点半，季扬扬妈妈赵静走进了春风中学的校门。

她神色匆忙，穿着一袭宽大的棉质衣裙，这使她走在风里像一朵胖大的喇叭花，有些蹒跚。

虽然今天潘帅老师没向季扬扬家长汇报撕本子情况，但赵静还是知道了。

她是什么知道的？

别忘了，如今她与儿子也租了对面"书香雅苑"的房子，她租的是4号楼的酒店式公寓。今天中午她在"书香雅苑"小区门口的小超市里，遇到了儿子班上的两位男生，他们从马路对面的学校过来买饮料，她习惯性地问他们，季扬扬在学校还好吗？

这两个男生少了心眼，把季扬扬早上在教室里撕本子这事告诉了她。

于是她就赶过来了。她先去办公楼找年级组长李胜男。同样，人在北京开会的李老师将她支给了潘帅。

潘帅一边接待她，一边心里叫苦不迭，心想，这"御姐"出趟差，妇女都找我来了。

潘帅就对赵静往轻里说撕本子这事。

他说，可能是季扬扬压力大，情绪失控，可能你们对他要求太严，好在这事现在过了，他情绪平复了，应该没事了。

赵静脸上有古怪的表情，她没接受潘帅分析的原因，抚了一下自己的肚子，说，他哪会真这么在乎成绩？原因嘛，你是他老师，我也就不怕笑话，我就说了，我最近怀上二胎了，他觉得这让他丢脸了。

为什么？

她脸上别扭了一下，说，他觉得自己都这么大了，都高二了，妈妈还要再生个弟妹，他感觉丢脸。

她瞅着办公室墙上挂着的地图，对潘帅老师解释道，我原先也没想要这二胎，但想到扬扬一两年后会出去留学，我跟他爸就成"空巢家庭"了，所以，就下决心搭这生育期的最后班车，想再生一个……

赵静从潘帅老师办公室出来，往教学楼走，想去找儿子谈谈。

她穿过篮球场时，与正趁中午这点时间在练投篮的季扬扬不期而遇。

季扬扬"啪"地把球往地上一记狠拍，对赵静说，站住，你怎么来了？难道还想去教室找我吗？我都高中生了，比较受不了你这样子，你还是在家保胎好。

球场上的一群打球少年，好奇地看着这对母子。赵静瞬间感觉脸热到了耳朵根，她想了想，还是不跟他吵好，就转身悻悻然地离开了。

大男孩想战术

校园里的紫藤花开了,一串串,爬满了图书馆后院的花架,在下午4点钟的阳光里,像一片紫云,散发着清雅的芬芳。

潘帅老师坐在花架旁的石椅上,一边看书,一边等冯一凡自习课结束后过来谈话。

潘帅老师将谈话的地点选在这里,是因为这里幽静,这片盛开的繁花景象,好像能使谈话的氛围显得轻松、休闲一些。

上午的时候潘帅老师已跟冯一凡约过了,说好了自习课结束后得聊聊。当时冯一凡眼睛里有明显的疑惑。每一个被老师突然约谈的学生,大抵都这样。

在冯一凡到来之前,潘帅在看一本书,《过去与未来之间》,汉娜·阿伦特的作品。这本书,他最近读得比较投入。

4点10分,冯一凡来了,穿着一件红色的卫衣,还背着双肩书包。

潘帅问他,是不是不跟妈妈说话了?

冯一凡脸红了,心里一阵懊恼,心想,她找老师过了?

嗯。冯一凡告诉老师,不说话,是为了避免冲突;说话,她就得寸进尺,事事都要听她的安排。

潘帅老师说,妈妈劳心,那是因为爱你。

冯一凡说,从小到大,她太爱帮他做决定,太强势,让我很烦。

潘帅问冯一凡,真的那么讨厌她吗?

冯一凡果断回答,是的,她只需要我对她"服从""妥协",没别的了,她对于我,只有压力。

潘帅老师怜悯地看着他。

他也知道如今的中学生挺不容易的。

因为最近班上来向他反映自家小孩越来越不听话的家长,又不是朱曼玉一个,学业越紧、选择越关键的时候,他们越过来抱怨小孩变得不听话了。而潘帅老师看着他们备受焦虑折磨的脸,感觉自己心里也有一个小孩,也在对他们表示逆反:不听话?真是今天的小孩普遍比以前的小孩不听话了呢,还是时代不同了爸妈的经验不够用了,未必什么话都能让人听得进了呢?

潘帅老师问冯一凡,这次不跟妈妈说话,具体是为了读文科的事吗?如果是为了这个,那这可不是解决问题的好办法,知道吗,你们这是相互折磨,于事无补,其实你跟妈妈可以好好沟通的。

冯一凡脸红了一下，然后告诉老师，不完全是为补化学、读文科某个具体的事，而是冲着她一向的命令式要求去的。她太爱帮他做决定，什么事最后都得听她的，让他感觉没有目标，没什么意义。再说，跟她沟通也没什么用，沟通成本太大，即使哪天沟通好了，她同意了，事儿都歇菜了，所以不想沟通了。

冯一凡打开书包，拿出一大沓复印资料，让潘老师看。

潘帅老师接过来，只翻了一下，就目瞪口呆。

全是高中历史、地理等文科课程的课堂笔记。

冯一凡说，这是我从文科班同学那儿借来复印的，现在我每天夜自习时在自习这些。

潘帅老师明白这意味着这17岁少年目前在学双份课程，哪怕他是以应付的状态对待理科，那也需要花应对的工夫。更何况，物理、化学作业量也是相当大的。

潘帅心想，这孩子挺不容易的。

潘帅问，你真的想好了要读文科了吗？我查过你高一时的成绩了，其实你理科基础也是有的。

冯一凡对老师说，我想好了，我对文科更有感觉。

潘帅老师瞅着他，建议道，你也可以把文科当自己的爱好，现在都已到高二下了，你在理科上再顶一下，吃一时的苦，考上个稳妥的技术专业，以后找个技术活儿当饭碗，而把文科当作一生的爱好，这比较稳。

潘帅老师感觉自己的说法是有说服力的。

而冯一凡这么回答他：一时与一辈子？我最近想过了。一时可以应对，但一辈子我想做我喜欢的事，以我喜欢的事为职业。

在这样一个阳光温煦、紫藤花怒放的下午，冯一凡的这话，潘帅老师是听得进去的。甚至，这话里充溢的少年意气，还比较强烈地感染到了他。

虽然他也知道，那些家长哪怕听得进去也还得权衡（比如，爱好与功利，爱好的社会对标度、未来完成度，以及改变家庭处境的指望度），但这个下午，潘帅老师则被他结实打动。

谁让他只有17岁，而这满架的紫藤花正在怒放。人这辈子有多少个这样年华、阳光、鲜花、梦幻全都正好在场的瞬间，如果这一刻都没这样的梦幻，别说"出走半生，归来仍是少年"，就连出走之初都已不是少年了，而是朱曼玉了。

但，潘帅老师还是得对冯一凡说明：就报考学校而言，理科机会比文科多一点。

冯一凡说自己明白。他说，选我喜欢的，还是选别人选得少的？既然都是博弈，那还是选我喜欢的吧，因为我比别人对于我自己更重要。大人总对我说"看看周围，看看周围"，但，如果你永远看周围，你如何把自己交给自己？

潘帅感觉是在跟一个大人说话。

潘帅说，把自己交给自己没错，但自己现在的快乐标准、指数，未必与社会生存、与未来对标。

冯一凡说，如果我连现在的开心都无法保证，谁又能保证我未来的开心？未来与现在得有一个比例，我不想为了未来放弃现在,我哥林磊儿可能可以,但我不想,所以我得先搞定我喜欢的。

一只蜜蜂从紫藤花那儿飞过来,在潘帅眼前嗡嗡地打转。他感觉这小孩让他蛮开眼界的,"十年寒窗换未来快乐生活"这问题都争了几十年了,家长的观点不会变的,但轮到这一轮小孩出场时,小孩可能不买账了,再说这社会如今还未必就一定可以这样换了。

对潘帅老师来说,其实哪怕在去年甚至今年早春,他的思维都不会在这些家长与孩子的情绪纠葛上打转。而如今,这些大人小孩每天都将他拉入情境,让他有了代入感。

潘帅稳了一下情绪,对冯一凡说,但读书毕竟不是"玩",哪怕再希望得到快乐,那也是需要费劲的。读文科同样不会容易,你文章写得好并不意味高考就能考得好,你这个时候转文科,不可能不苦的,如果没吃一场苦的准备,我看转不转也没什么区别。

他说的是实话。

冯一凡摇了摇手里的复印资料,告诉老师,我喜欢的东西,苦的感觉会少一点。我现在不也在吃苦吗,双份复习,这个学校,没一个人做到。

嗯。潘帅点头,问,冯一凡,我再问一个问题,你执意转文科,是为了抗拒妈妈的强势多一点,还是真只为了喜爱文科本身?

冯一凡想了想,说,现在跟老师你这么说下来,我发现是只为了喜爱；而如果现在是跟她说话，那可能是为了表达抗拒。

他感觉自己说的是真话。他问潘帅老师，潘老师，你说我这样转文科行吗？

潘帅老师没直接回答，他说自己最近在看一本书，还蛮有意思的。他伸手拍了拍放在石椅上的一本书，说，书里有篇文章提到这么一个概念："理想的接班人"，培养理想的接班人，就是培养"无法想象的人"，而不是完全符合既定经验的人。冯一凡，你相信自己就是那个"无法想象的你"吗？如果相信，有什么不可以为自己去规划呢？

冯一凡好奇地伸出手，拿起椅子上的书，《过去与未来之间》。

他翻着，一眼看见其中有一页文字下面画着线，他默念起来：

"教育的要义在于，我们要决定我们对世界的爱是否足以让我们为世界承担责任，是否要让它免于毁灭。因为若不是有新的、年轻的面孔不断加入进来和重建它，它的毁灭就是不可避免的。教育同时也是要我们决定，我们对我们孩子的爱是否足以让我们不把他们排斥在我们的世界之外，是否要让他们自行决定做出决定，也就是说，不从他们手里夺走他们推陈出新、开创我们从未预见过的事业的机会，并提前为他们重建一个共同世界的任务做准备。"

在冯一凡低头看书的这一会儿，潘帅老师心里对朱曼玉深表同情。

他想，换谁是这朱妈，都不好对付这样的儿子，这不就是

"过去与未来之间"这个书名本身吗?这不就是"家长经验"无法满足如今"日益多能的孩子"不断增长的成长需要吗?

他想,这是现阶段家庭教育的主要矛盾吧。

冯一凡从书上抬起头,说,嘿,这一段,特别暖心的。

潘帅看了一下手表,说,现在还有点时间,冯一凡,让我们来商量一下,关于你妈妈,我们需要来点战术。

战术?冯一凡睁大眼睛,感觉这老师蛮好玩的。

如果说,跟冯一凡这样的中学生聊聊,还能让潘帅老师在手忙脚乱中感觉到一点天真和一点正能量的话,那么跟季扬扬谈话,则令他彻底茫然,无措,如遇一团冷雾,不知该怎么办。

因为这小子最近连续迟到,几乎天天迟到。

问他,他说妈妈去医院保胎了,爸爸去北京的党校培训三个月,所以早晨没人叫醒他。

劝他,既然起不来,那么来学校住寝室吧?把生物钟调整过来。

他说,不想来学校住寝室。

接下来,更离谱的事发生了,季扬扬连续三天不来上学。

打电话问他为什么,并告知他:季扬扬,这样下去是要被劝退的哦。

季扬扬说,我不想在这里读,因为不快乐,所以不如回家。

作为班主任的潘帅,在电话里对他说,去别的地方读,那也要联系好才能去,在去之前,也得遵守基本的校规,否则,也没哪个学校敢要你去呀。即使你能去，那你学习态度也得理好了才去，否则去了也没有意义。

潘帅老师感觉自己说得非常到位了。

果然，他听到那小子在电话那头说，那好吧，我明天来好了。

结果第二天，他依然没来。

潘帅知道他这厌学情绪已深，并且是冲着谁去的。

但即使这样，潘帅还是感觉自己失败，因为这么劝过、哄过了，季扬扬仍像是一块铁板。

这种无效，甚至让潘帅在一班同事面前，自感很失面子。

这时候他倒是希望这小子能像那天默写时那样失态地哭一场，因为只有这种时候，你还有可能插进针去，撬开铁板，否则还怎么办呀。

但他也不敢贸然将这旷课的事告知家长。

所以是茫然、无措。他想，有什么战术吗？

想了半天，也没有。真的没了。

请老妈离场

周五上午,朱曼玉去了市人民医院,有一位老乡刚好是心理科医生。

朱曼玉向医生老乡讲述儿子的情况。她说,他最近学习劲头低落,上早自习课别人在紧张复习,他一个人静静地出神、写诗;而在家里的时候呢,前一阵子他是动不动就对我发火,现在则是不说话了,基本上不说话。他心事重重,成绩一落千丈,我担心他情绪是不是有抑郁倾向……

也可能是她这当妈的对医生说儿子的时候,情绪介入强烈,对事实有所放大,也可能是她央求了老乡,结果还真给她配来了一种叫"百忧解"的药,说是适合孩子吃的。

回到家,朱曼玉看着这白色的长药丸,拿不定主意。

看病时她一心想要灵丹妙药,但真拿回药来了,哪敢这么就给儿子吃下去。万一有副作用什么办?万一吃笨了怎么办?

后来,她倒了杯水,自己吃了一颗,想试一试效果。

坐了一下午,也没动静,她心想,这药真有效吗?难道因人而异。

下午5点钟的时候,她听到门响,冯凯旋回来了。这一天,冯凯旋下班回来得比较早,他匆匆从衣柜里取出了一套西装,换上,又要出门去了,说晚上要去参加一个同事的喜宴。

朱曼玉嘴角掠过一缕淡淡的嘲讽表情,心想,人家结婚,你穿得这么衣冠楚楚,这么帅干啥?是不是想把人家新郎给比下去?真没喝喜酒的职业道德。

朱曼玉突然瞥见茶几上自己还没收起来的"百忧解"药盒,突然起念,她就伸手过去,拿出一片药,从沙发上站起身,对正在换鞋准备出门的冯凯旋说,这里有个药,你也吃一颗。

冯凯旋抬起头,奇怪地问,为什么吃药?什么药?

她说,是复方维生素,我闺密推荐给我的,你试一下,我刚从盒子里倒多了一片出来,不放回去了,效果好的话,我再向她买一些。

冯凯旋急于出门,虽觉得有些怪,但也没多想,他接过她递到自己面前的杯子,一口把药丸喝下了。

其实,与她突然让他吃药有点怪异相比,他感觉她给自己倒水、递水杯的样子,更有些怪怪的,因为他已很不习惯了。

这个晚上，冯凯旋在台上有点心乱。

他感觉出来，最初这份乱好像是来自肠胃，隐隐的滞重，然后就被带到了发声位置，声音、气场上不来，随后就被带到了心里，令心里起乱，有些心跳加速。

更何况，今晚的婚礼在开场时就让他心惊肉跳——新娘在全场注视中走向婚礼台时竟然意外摔倒。

是太高的高跟鞋被红毯绊了一下，令她突然跌倒在地，全场惊呆。众目睽睽下，新娘又痛又窘，都要哭了。

这样的意外，在冯凯旋的婚礼主持经历中，还是第一次发生。他咬了一下嘴唇，让从胃部蔓延上来的不适感后退到身体的角落去。他伸出手臂，对正想去搀女儿起来的新娘父亲说，请等一等，这位父亲，请等一等。全场的各位亲朋好友们，在我们的生活中，有许多这样的偶然、这样的磕磕绊绊，在今天这一刻之前，女孩，你摔倒的时候总是由你身后的家人扶你起来；而今天，从这一刻起，女孩，你生命中还有一个人，他会走到你面前，扶起你，与你相拥，一起把路走下去。

原本已惊呆了的新郎这时如梦初醒，疾走过来，抱起新娘，亲了一下她的脸颊，在音乐声中，抱着她走向婚礼台。

新娘泪流满面。冯凯旋右手拿着话筒，左手轻轻按着胃部，让心跳慢一些，心想，没觉得是饿啊，开场前也没吃什么东西啊，怎么回事？

音控台那边，喜果婚庆公司老板李星星对婚礼督导宝生说，力挽狂澜，力挽狂澜。

宝生早已被激出了泪水,说,那是。

每场主持之前,以冯凯旋的习惯,他是不吃东西的,就像有些艺术家上台表演前一样,为的是有好状态。

而今天主持完后,冯凯旋也没留下来吃一点,不饿,也不想吃。他回到家,坐在沙发上,"葛优躺",定定神。

日光灯下,儿子冯一凡坐在餐桌上做作业,朱曼玉坐在窗边在看手机,但冯凯旋感觉她其实一直在盯着自己。

从他回来,进了这个门之后,他就感觉她的视线落在了自己身上,一直落着。

她盯得他都快起毛了,他心想,怎么了,我搞砸了?我今天没表现不好啊,今天戏没演砸呀?难道是我头发上沾了刚才婚礼纸礼炮的碎屑?

他伸手摸了摸头发,没有。

后来,儿子去卫生间了,他果然见朱曼玉立马从窗边过来,凑到面前,轻声问,你身体没什么感觉吧?

冯凯旋一警觉,问,怎么了?胃肠里不舒服。

他突然想起了那片药,说,你给我吃的是什么?

朱曼玉脸上有一丝神秘的笑意,说,儿子的药,我没敢先给他吃,你帮他吃吃看,有没什么怪的感受。

他不禁提高了声音,说,什么药?你给我吃什么?

她赶紧伸手捂他的嘴,说,轻点轻点,抗抑郁的药。

他说,呸,差点让我出事,我差点,哦,太晕倒,太晕倒了,你太疯狂了。

她心里一毛,脸色发白,问,你晕倒了?

他不禁又抬高了声音,冲着她说,没!你让我吃抑郁症的药,难怪有反应哪。我靠,新娘子那意外,我差点hold不住,晕倒。

他一生气,情绪乱飙,语无伦次了。这倒让她心跳起来,她不禁说,啊?有反应,这药吃下去,还有这方面的反应?看着新娘子有反应,这不行,儿子青春期,这不行。

他说,我靠,朱曼玉,你悄悄给我下药,抑郁症的药,疯狂,这简直是谋害亲夫。

嘘。她向他摆手,意思是"轻一点"。她说,我也吃了,我没谋害亲夫,我也吃了,公平的,为儿子吃。

这时冯一凡从卫生间出来,他们慌忙闭嘴。

但他显然听见了。

是的,他刚才在卫生间里,坐在马桶上,一边上厕所,一边看书,爸妈的说话声从门外传进来,令他留意。

所以现在他皱着眉头,对沙发上的他俩说,我不吃,你们吃好了,你们才有抑郁症,你们是需要吃药。

看着他俩在沙发上慌乱成一团的样子,冯一凡想笑,但他没让自己笑。

因为他突然想起了潘帅老师那天下午在紫藤花架旁说过的"冷处理"战术。他心里一闪念:现在不正是最好的时机吗?

朱曼玉已赔着笑向冯一凡走过来了,她在说,阿宝,妈妈跟你解释一下。

冯一凡用手指着她,皱着眉头,说,别过来,不用解释,好恐怖。

朱曼玉收住脚步,满脸尴尬,不知所措。

冯一凡冲着她说,我不想跟你住了,我坚决搬回学校!我现在就搬回去了!

冯一凡疾步走到餐桌边,飞快地把书本、作业本往书包里塞,然后拎起书包,就往门口走,嘴里说,朱曼玉,我不想跟你住了。

朱曼玉冲过去,死死地拉住儿子的书包带。

冯一凡回头,对她说,放开!我不跟你一起了,我原本一句话也不想跟你说了,但现在,我说最后一句:我搬出去,或者你搬出去,谁搬?现在说清楚。

朱曼玉蒙圈,心里万般滋味如暴风吹卷。她徒劳地拉着儿子的书包带,回头瞥了一眼已看傻了的冯凯旋,心想,这人一脸蒙样,怎么不过来帮我打个圆场?

冯凯旋自己哪回得过神来,他真是一脸蒙圈,这个晚上他好像穿越了几重天,先是被老婆下药,然后主持现场心乱一百,再然后新娘摔倒让他心惊肉跳,再然后回家被告知真相,再然后痛斥朱曼玉谋害亲夫,而现在,儿子突然要搬出去住了。

他哪里反应得过来。虽然他在台上擅长快速应对,但生活远比舞台不可控,对这一点他此刻绝对心领神会。

朱曼玉见冯凯旋嘴里没发出一丁点儿的声音,又气又急,看儿子即将夜奔的样子，她就只好说，那我搬好了，这么晚了，学校门都关了，你怎么回宿舍？

冯一凡嘴边有一丝狡黠的笑，他松开手，书包就落在地上。他说，为了不影响我学习，现在、立刻、马上、搬走。

结果，这个晚上，朱曼玉就悻悻然地搬了出去。

朱曼玉脸色阴沉，拎着一个布艺大包，里面胡乱地塞了一些换洗衣服，从自家门里出来，一出门，泪水就夺眶而出。

她心想，儿子这么嫌我，连夜要我走人。

她在电梯口等电梯时，脸上已泪水纵横。她想，儿子把我赶出来了，儿子把我赶出家门了。

电梯来了，她泪流满面地进了电梯。没想到遇到了宋倩，她下楼去洗衣店熨一件衣服。

宋倩见朱曼玉脸上哭成这副样子，吓了一跳，不打招呼也不行，就说了一句：冯一凡妈妈，这么晚还出去呀？

朱曼玉又羞又急，这句话又正好戳中她的痛处，她勉强笑了笑，嘟哝了一句：小孩不乖，不听话。

宋倩立表同情，说，是的，他们不听话起来会把人气死。

朱曼玉看她给了自己一个台阶，赶紧下，说，你看，我就被气得不想理他了，随他去了。

她做出了自己生儿子的气从而赌气出走的样子，宋倩当然信的。宋倩说，有时候是需要给他们点脸色看看的，好像不知道妈妈也会心痛，也会难过的。

朱曼玉控制着自己凌乱的情绪,说,太不听话了,我们小时候可没这么不听话。

宋倩安慰她说,儿子是顽皮一些的,我们家的是女儿,所以倒还算听话,儿子长大了会懂事的,所以你也别跟他怄气。

这话又戳中了她的泪点,以至于她在单元门口与宋倩分手后,泪水从眼眶里奔涌而出,无法遏制。

她心想,儿子还没长大,就把妈妈赶出了门,以后讨了老婆,那还了得?

她泪眼婆娑,回头看了一眼8楼的灯光,然后转身往前走,准备去小区门口打车,回自家在"丰荷家园"的房子。

因为"书香雅苑"是租来的房子,她在这里没有车位,自己的车如今停在单位里,所以此刻只好打车过去。

小区里的路灯把她的影子投落在地面上。在她眼里,这拎着大包的影子,代表了一个多么灰溜溜的结果。

她心里说,阿宝,妈妈舍不得吃、舍不得穿,为你扑心扑肝,落到这样的地步。

这想法让她肝肠寸断。

朱曼玉走后没几分钟,冯一凡就下楼来了。

一则,红色圆珠笔写不出水了,他需要到楼下小店去买支新的。二则,他得看看妈妈是不是真走了,以他这当儿子的经验,这妈没准会回转过来的,因为她的意志、强势是不可阻挡的。如果今夜她还会执意回来,那自己得早做准备,否则待会儿学校宿舍楼关了大门，就真的是想去也去不成了。三则，妈妈走出了这个家门以后，房间里剩下了他和爸爸两个男的，两人谁也没开腔，因为谁也不知该如何议论把妈妈赶走这事，空气里有些别扭，他得去楼下透口气。

是的，朱曼玉走后的这几分钟里，沙发上的冯凯旋没对儿子说什么。虽然他已从刚才的蒙圈状态中回过神来，但脑子里在飞快地转着该如何应对朱曼玉走后自己将与儿子共处的问题，比如要给儿子去买菜、做夜宵早餐、接送培训班……他心里有奇怪的感觉：轻微兴奋，因为老婆突然退场；又有轻度畏难，比如想到做菜什么的，尤其是明天一早马上要遇到的第一顿早餐。

所以，当冯一凡说自己下楼去买笔时，冯凯旋就"嗯"了一声。

精神的孤儿

冯一凡下了楼,匆匆穿过小草坪,往"书香雅苑"大门方向看,他还真看到了妈妈拎着一个大包在小区门口打车的背影。

冯一凡放慢脚步,怕她回过头来发现自己。

他见她招了好一会手,也没出租车过来。她纤瘦的背影,站在灯光照耀、夜深人静的"书香雅苑"法式大门前,显得有些孤单和悲哀。

冯一凡这么看过去,当然觉得夜色中的她有些可怜。

因为他心里也知道她对他的好,知道她又没钱,省得要命,心思全花在他身上;又不讨好,还要管林磊儿那个小可怜;又与老公关系不好,整天手忙脚乱的样子,到底在操劳啥都不知道。

这么想,冯一凡鼻子里就突然发酸。

但现在这一刻,他得让这怜悯迅速掠过去,否则她真转身回来了,也是够烦的;若自己心一软,那就更麻烦了,得一切重新再来,而那个"冷处理"战术不能太缓,转去潘帅老师文科班上也不能太迟。

现在,他看见有一辆出租车停到了"书香雅苑"门口,妈妈拉开车门,拎着包上了车。

车呼地开进了夜色中。

冯一凡坐在"书香雅苑"的夜色里发愣。

他的面前是小区中央的微型喷水池。这个时间点,池里没在喷水,小小的一汪水,被水下的装饰灯映照出透亮的蓝光。

冯一凡想稍坐一会儿就上楼去写作业,这时,他听到有人对自己"嗨"地打了一声招呼。

他侧转头,见是一个穿着白色裙子的女孩。

他认出了这是楼上房东宋倩家的乔英子,表哥林磊儿班上的大学霸。

冯一凡跟她不熟,虽说上次跟着林磊儿去过她家向她道歉,但依然不熟悉,有时在电梯里相遇,最多彼此点个头,也没什么事好谈的。

嗨。现在乔英子有话要说,她问,你下来放风?

放风?冯一凡笑起来,想想也对,不就是放风呀。他对她说,没,还有作业没做完,马上要上去做,你在放风?

乔英子笑了,大眼睛里有波光,披肩发被晚风吹拂着。她说,嗯，我每天做好作业后都要下来放风的，一天这时候最享受。

这很好懂，如果冯一凡每天能在晚上11点前做完作业，他也想这么下来放风。

所以，冯一凡对乔英子点了点头，"嗯"了一声。然后，也想不出有什么话跟她讲。

乔英子倒是有话要讲。她说，我读过你的诗，《小小的欢喜》。

冯一凡脸热了一下，连忙摆手，说，不敢当。

他知道，自己早自习写诗在学校已被人当成了段子——"别人忙着复习，他一个人在静静地出神、写诗"，少年维特似的，蛮搞笑的。

夜色中，乔英子可没觉察出他脸上的尴尬，还以为他不相信呢，就笑着背了起来：

在课桌之上

脸庞之上

我彷徨在一条路的起点

我疲惫在一条路的途中

我寻找奔跑的理由

寻找那一点点小小的欢喜

在题海之上

人海之上

我流泪在一条路的弯口

我困惑在一条路的终点

我寻找坚强的理由

寻找那一点点小小的欢喜

在天台之上

云朵之上

我攀登在一条路的尽头

我看见了一条路的无限

我寻找相信的理由

寻找那一点点小小的欢喜

一池蓝水的晶莹波光,折射在乔英子的脸上,她的声音在"书香雅苑"夜晚空静的楼间回响,四周仿佛变得有些不真实了。

冯一凡有些恍惚,按他的性格,原本早就好不意思了,要打断她了;但耳朵又被吸引,这诗由她这么念出来,仿佛不是自己写的。

她背完诗,说,我喜欢。

他看得出来她真喜欢,就高兴地问她,你也写诗吗?

乔英子说,我不会写,我没文艺细胞,我跟我妈比较像,理科好,我感觉你跟你爸比较像,很文艺的。

冯一凡说,呵,你说我爸文艺?

乔英子笑道,他做的那行也可以算是表演。

冯一凡不知她在说啥,就说,哪里呀。

他心想,多半是爸爸时不时穿成小开样,搞得像个魔术师的扮相,她可能在电梯里见过了。

乔英子还没来得及说"天下怎么还有婚庆这么开心的活儿",就看见高二(4)班的季扬扬抱着个篮球,正从他俩身边走过去。这小子哼着歌,估计是从哪儿打球回来,他还古怪地瞟了他俩一眼。可别以为他俩是在谈恋爱哪。

这时,突然有一个人影,不知是从桂树丛,还是楼间阴影里窜了出来,堵住了季扬扬的去处。

他指着季扬扬,压低嗓子问:去哪儿了?我等你到现在。

声音里透着愤然和严厉。

毫无疑问,这是季扬扬爸爸季向阳。

季扬扬慌乱了,因为老爸突然从天而降。他说,打球呀。

季向阳伸手抓住季扬扬的手腕,篮球滚落。季向阳拉着儿子往"书香雅苑"大门口走,说,你给我回学校去住,走。

干吗,不去。季扬扬像一头犟小牛,不走。

季向阳个子没儿子高,拖他没这么容易。季向阳一边拖,一边说,既然你一个人住这里没人管,你给我回学校去住。

季向阳说,我为你专门请假从北京飞回来,今晚不把你弄回校,我不姓季。

季扬扬说,随便你姓什么,我不去。

季向阳扭头说,为什么?

季扬扬说,因为那里不适合我。

季向阳说，人人都想好，人人想进春风中学还不一定进得了，就你不要好！

季扬扬用脚死死抵住花坛一角，手臂往回拽，不让自己被拉走。他嘴里说，那里适合你，适合你的面子，适合你要我给你赚的面子。

季向阳放开手，气得挥手打了儿子一个耳光。

季扬扬捂着脸，冲着爸爸喊，你打吧，你再打吧，我是不是你亲生的？

他把脸递向爸爸。季向阳看着儿子的脸，气得手脚发抖。

季扬扬说，我怀疑我不是你亲生的，即使是亲生的，我也是孤儿，孤儿！因为你眼睛里只有我的分数，什么时候有关心过我心里想的是什么？所以，我与留守儿童没两样，学校里的留守儿童，精神上的孤儿。

季向阳傻眼，不知这是儿子从哪儿听来的词，"精神上的孤儿""学校里的留守儿童"？

他冲着儿子说，瞧，你不去上学，还有理呢。你不去上学，不就更是留守儿童了吗？

……

这对互怼的父子俩，犹如是"书香雅苑"这一夜的奇观，让一旁的冯一凡乔英子也看傻了眼，并惹出了他们自己心里的烦乱。比如，冯一凡抬头看了一眼2号楼8楼自家的窗户，心想，精神孤儿？我才是呢，我家再过一年就散伙了。喏，刚刚我妈就已经走了。留守儿童？我才是呢，这不是说说的。

冯一凡感觉心里有憋闷,他突然就窜上前去,一把拉开季向阳。他呜咽的声音在嚷嚷:都已经是孤儿了,你就不能可怜他?自己的小孩也不能想打就打,想骂就骂。

冯一凡已将近1.8米了,因为心里憋着气,再加上对这领导到底有多大没感觉,所以使了蛮力。他一把拎着季向阳的左肩,往前拖拽,想把他拉得跟他儿子离得远一点。

季扬扬见这个男同学这么冲上来出手,还见他脸上好像有泪水流淌,先是傻了,然后好感度直线上飙。虽然平时不熟,甚至还打过架,但现在却是友军的感觉。

季扬扬拎起老爸的右肩,与冯一凡相配合,一起将老爸拎起,飞快地往"书香雅苑"大门口走。

这没办法,如今的老爸哪里长得过儿子哪,两个都是近1.8米的少年。乔英子抱着那个篮球跟在后面。他们把季向阳拎到了小区门外放下。

季扬扬对他说,你再来打我,我就报警,我可不是说说的。

然后,三个少年转身就跑,像一阵风,跑回了"书香雅苑"的中央地带。

回味一下,这是个有点离谱的夜晚,先是让老妈朱曼玉出了家门,然后是把老爸季向阳扛出了小区大门。现在他们三个,坐在小区中央的花坛边,面对"书香雅苑"此刻无数灯火通明、挑灯夜战的窗子,像是一同沦落在这里的孤儿,并肩而坐,暂时无语。

晚风掠过,乔英子瞅了一眼冯一凡刚才流过泪的脸庞,心想，难怪你会写诗，我这真正的"精神孤儿"都没像你这样，会可怜这"二代"的学渣。

为什么哭泣

潘帅老师一早去了"书香雅苑"。

这是他因季向阳的要求而前往。

昨夜季向阳被儿子和儿子同学扛出"书香雅苑"大门后,就直接去了马路对面的春风中学。他敲开单身教工宿舍楼的大门,找到班主任潘帅老师,说,这么晚了,不好意思去找李胜男老师商量了,女同志休息了,所以只有来麻烦小潘老师了。我没办法了,真的没办法了,拿那小子没办法了,求老师想想办法。

结果今天一早,潘帅就上门来做思想工作了。

其实他也没招,如果有招,早治了。

最近这些天来,他正因没搞定这小子,而在一众师生面前深感有失面子。

见潘帅老师一早上门来了，季扬扬没觉紧张，相反，还觉得有些搞笑。他心想，呵，老爸昨夜被扛出去后，就去找老师了，呵。

这是个宽敞的酒店式公寓房，目前季扬扬一人在住，从房间的凌乱状况看，很符合这一点。

潘帅老师在对季扬扬做本次思想工作之前，先声明自己没告诉他家长有关他迟到、旷课的事。

季扬扬淡淡地说，知道，我妈去医院保胎之后，保姆每天来做家务，看我没去上学，她就告诉他们了。

这一点谈明后，劝导工作开始了。

一切流程，一切照旧，一切提问，回答照旧，所以让潘帅老师自己都没有什么信心。比如：

潘帅说，为什么不想去读了？

季扬扬说，不开心，不如回家。

潘帅说，为什么不开心？

季扬扬说，不适合所以不开心。

潘帅说，适合也需要时间，找一所较弱的中学，或者国际高中，或者直接出国，这都需要时间，也不是说走就能走。

季扬扬说，那就先去找呗，既然是不同规划、不同路径，那为什么非要在这里碰壁了才掉头？身心、时间都是成本。

潘帅说，读书的快乐不可能都是"玩"，人需要有意志，你先把在这里当作意志训练。

季扬扬说，在这里培养不了我的意志，只会挫伤我的意志。在这里，我只是学渣，没有自尊，会打球会唱歌算不到我的分数上，所以不想学了。

潘帅想哄他，说，你不是一直都很骄傲，很跩的。

季扬扬说，那是自卑。

……

一切的一切，都跟前几次谈话一样。反正，你说什么，他都有他的道理，固执，像一块铁板，比他在任何科目考试卷上的表达，都要机敏，强无数倍，甚至让你生疑，这骄纵的学渣竟还有逻辑。

潘帅突然就哭了，他是真的没招了，沮丧，无措。

季扬扬立马傻眼，不吱声了，因为老师在自己面前竟然哭了。

潘帅哽咽道，我对你，从没放弃，一次次劝导，这其实不是我的个性，但对你，我从没放弃。

潘帅抹了一下眼睛，说，我感觉自己很失败，教育很失败。

潘帅说，我为什么教书？我以前，乃至现在，都没想过自己一定会教一世的书，所以，以后我也有可能不教书了。但现在，在我教书的时候，我发现，这其实是一个交换的过程，我把自己经历的东西、想过的东西，与你们交换。我换来了一些东西，也换不来一些东西。比如，我跟冯一凡交换时，他虽也有与你相似的选择问题，但我还是换来了一些有能量的东西，相信他也从我这儿换去了一些有营养的东西；但你让我感觉失败，我感觉不到主动……

208

潘帅老师哭得稀里哗啦，季扬扬除了傻眼，还知道给他满屋子去找纸巾，找来了递给老师。

潘帅老师其实也觉得相当难堪，连忙起身，说，我得走了，情绪平复不了了，现在这样子没法跟你再谈什么了，我先走了。

潘帅老师眼睛红着回到了学校，他没敢先去办公室，而是先回自己的寝室洗了一下脸，平复一下心情。

他心想，太糟了，对着一个男生哭了一场。

20分钟后，当他走进高二（4）班的教室时，他看见季扬扬已经在了。

从这一天起，季扬扬每天到校，从不迟到。

潘帅老师为此向李胜男老师显摆，说，拿下！一招制胜。

李胜男老师无限惊奇，瞪大眼睛，问，什么好招啊？快分享分享。

潘帅老师当然得卖关子，不告诉她。这怎么说呢，面子哪。你说是不是。

不过，潘帅又心想，其实也没什么招，不就是季扬扬在教室里哭了一场，我在他面前哭了一场，扯平了吧。

李胜男老师心里当然不会觉得潘帅有啥高招，她这么问他，只是因为这天她手头正好遇到一件事，不知怎么疏导，想受点启发，而潘帅还藏着掖着的。

后来，实在想不出，李胜男老师只好给朱曼玉打电话，请她过来当救兵。

朱曼玉这些天心情郁闷。自从被儿子冯一凡赶出"书香雅苑"后,她连日忧愁,这是可以想象的。

不可想象的是,现在她每天依然在"书香雅苑"里现身,恍若不屈不挠。

当然她现身的时间是白天,这个时间冯一凡正被关在对面的中学里呢,所以母子俩没有相遇的可能。她完全可以放心大胆地登门入室。

儿子没在家,她来干什么呢?

你只要等她人走之后,打开冰箱,看看她刚带来的、留下的那些菜蔬,就会恍悟她这是人走心在,魂灵系在这里呢。

所以现在,她对于这个家,相当于是一个"田螺姑娘"。

"田螺姑娘"朱曼玉留下的各种蛛丝马迹,能让冯凯旋轻易判断出她有来过。

甚至,有时他提早下班回来时她还没走,或者有时她进屋时,他刚好在家。这种时候,他能从她脸上看出巨大的不甘和不安,她除了向他打探儿子当天的情况外,还酸溜溜地敲打他:我现在不霸位了吧,放权了吧?你给我管好,如果搞砸了,把儿子带坏了,我跟你没完……

对此言,他有时就拎起桌上的杯子,向她一晃,说,喝水,别喝醋,为儿子吃老公的醋,全世界都没有。

有时他又说,我可没搞砸。想跟我没完,是不跟我离婚了?

那我还得想想看呢。

以朱曼玉这些天对儿子冯一凡的纠结度,今天她在接到李胜男老师的来电时,还以为老师要帮助支招了。

但哪想到,当她走进李老师的办公室时,李老师对她说,林磊儿从今天中午到现在,一直把自己关在实验室里,一个人静静地坐着,不声不响,一个下午了。

林磊儿怎么了?朱曼玉惊愕地问。心里雷声一片,天哪,一个冯一凡还没搞定哪。

李胜男老师脸上有不知怎么说的难色,但她还是把事情说清了。她说,前些天学校拿到了参加北大训练营的1个名额,考虑到林磊儿在这次物理竞赛中取得的好成绩,以及平时的学业专长,我们觉得这个机会比较适合他,于是就把这个名额给了他。但一天后,他又把名额还给我们了,说不去了,放弃算了。问他为什么。他说,钱不够。

李胜男老师扶了一下眼镜框,说,也确实,这么去一趟,来回机票,加上在北京十来天的住宿、餐饮费用,是一笔不小的开支,而从接到通知到起程,只有3天时间,林磊儿说他筹钱困难。

李胜男老师看着朱曼玉,说,他这么讲,我们理解。再说,这个训练营虽说是一个选拔好苗子的平台,参加者只要在集训中表现出色,就有机会获得北大最优惠签约,高考可获降几十分、上一本线被录取等优惠政策,但这只是机会,没法保证去了就一定能拿到签约,这里是有不确定因素的。考虑到林磊儿家在乡下,老爸种香菇,您又管着两个小孩,经济上压力比较大……林磊儿这么放弃,我们也理解,虽为他可惜,但也只能算了。

朱曼玉感觉心跳加快了,她对李老师说,这事他没对我说起过。

她心想,可能是上次他想上宋倩的"宋家私塾"被我拒绝了,所以觉得我这边没钱,也就不好意思再来说需要钱的事了。

李胜男老师说,林磊儿放弃了,我们就把这名额转给了班上另一个男生,那个男生的爸爸立刻从网上购了机票和宾馆,第二天自己就把小孩送过去了。

朱曼玉闭上了眼睛,她猜到了后面的结果会如何。

她好似感觉到了林磊儿的心跳同振在自己的心房上,"咚咚咚"。

果然,李胜男老师说,今天那个顶林磊儿去的男生拿到了北大签约,林磊儿听到这个消息后就去了实验室,一个人从中午坐到现在……同学们来向我汇报,我听了也不好受。

朱曼玉把眼睛睁开,这办公室里的日光灯有些晃眼。朱曼玉叹了一口气,说,这样的事,他都没来对我说,否则我也会想办法的。

李胜男老师伸手拍了拍她的手背,安慰说,小孩不告诉你,也是对你有体谅心,当然他也没想到结果还是会对他有冲击,小孩子啊。

朱曼玉好似叹息,嘟哝道:一个信息,一张飞机票,就可能让命运不一样了。这就像以前都是去火车站排队买票的,而现在有人是从网上买了,但你还去火车站买,信息、机会、背后支撑的东西也不一样了,一个个小孩后面撑的东西也不一样了。

虽然这层意思,她最近已有体会,并且四处对人感叹,但没像此刻这样一个下午,感受这般直观。这是教育哪,毕竟不是买火车票。

如此直观,自己消化尚需要时间,但现在,她必须跟李胜男老师一起去实验楼找那个小孩谈谈。

李胜男老师说,我也想不好怎么过去安慰他,学生们不时过来说林磊儿一个人这样坐着,坐了几个小时了,我听着也不好受。这样的小孩又很敏感,有的东西不能被说破,所以只好找你一起过去。

朱曼玉心里凌乱,她跟着李胜男老师去了实验楼。

他们推开6号实验室的门,小小的空间里一片寂静,只坐着林磊儿一个人。偏西的阳光从窗子里斜照进来,落在那些仪器上,林磊儿面对着它们,在出神。

她们在他面前坐下来。

他好像一点都没奇怪她们会来。

他瞅着她们说,协议应该是我的。

朱曼玉说,小姨跟你一样心疼,但没关系,我们还有别的机会,会有的。

林磊儿说,协议应该是我的。

李胜男老师说,林磊儿,每一个人都有自己注定的机会,一切都是最好的安排,林磊儿,我们相信。

　　天气越来越热了。"香菇爸"林永远是在一个星期后的一个下着雨的中午,来学校看儿子林磊儿的。

　　他背着个空空的编织大袋,打着雨伞,但衣服还是淋湿了一部分。他对林磊儿说,来城里送一批山货,现在事已办好了,过来看看你,再回去。

　　林磊儿知道爸爸还没吃中饭,就带他去学校食堂。

　　他用学生饭卡给爸爸买了一份番茄炒蛋,一份青菜,原本还想再买一份大排,但爸爸说够了,够了。

　　林磊儿告诉他,卡里的钱还有的。

　　他们就坐在食堂的窗边,周围全是中学生,声音嘈杂,外面在下着雨。

　　嘈杂的环境里说话费力,而父子俩话本来就不多,说了考试说了小姨说了乡里邻居也说了香菇行情。自从上次林磊儿回家到现在,已经有一个月了,林磊儿看到爸爸突然来了,心里是高兴的,虽然看他穿得这么土,在同学们面前自己觉得有些尴尬,但想到反正自己也是土的,就随它去了。

　　这是爸爸第二次来学校看他,去年来过一次。

　　吃完饭,林磊儿带爸爸去了宿舍,坐了一会,宿舍里还有别的同学,所以也没说太多话。爸爸坐了一会儿后,说,我要走了,你下午马上要上课了,我还要去坐车,下雨天路不好走。

　　于是林磊儿就送爸爸出来,到宿舍门口的时候,突然爸爸从胸前掏出了一个信封,递给林磊儿,说,磊儿,这里还有一点钱,你拿着。

林磊儿感觉信封有些厚,问,这么多,多少?

爸爸说,5000多块。

林磊儿说,这么多?

林磊儿把信封还给爸爸,说,我不要。

林磊儿想起爸爸上次在老家摇头的样子,知道他没钱,有可能还是向别人借的,或者不知是攒了多少时间了的(林磊儿回老家时,也有听村里的人跟爸开玩笑,说得早点给儿子攒钱,城里的房子贵,否则怎么娶媳妇啊)。

林磊儿看着爸爸,说,我现在不需要了,你留着以后用好了。

爸爸把信封塞进他的口袋,说,拿着吧,我想过了,现在用还是以后用,都是用在自己身上的,用对了就好了。

林磊儿就将钱收下,爸爸小声关照了一声"别掉了",就转身要走了。林磊儿看见爸爸额头上有好多汗,他说了声"等下",转身进寝室拿了一条毛巾出来,伸手帮爸爸擦了一下脸,然后,他就跟爸爸说再见。

他看见爸爸穿过走廊上悬挂的衣服,往前走,瘦小的背影,背着大包,裤脚还是湿的。

爸爸突然回过头来,又看了他一眼,向他笑了笑,挥挥手,然后就走了。在爸爸的右侧,是走廊外一片灰蒙蒙的雨天雨地。

这一天中午,李胜男老师正有事来宿舍楼找学生,在走廊上,她远远地看见了刚才林磊儿给他爸擦汗的情景。这个温情的画面，后来一直停留在她的脑海中，让她念念不忘。

她后来对林校长说，我不知怎么就特感动了，因为小孩知道心疼爸爸。

她还说，我就奇怪了，为什么城里小孩会听歌剧、会拉琴、会阅读名著就是素质教育，可以加分可以"自主考试"，而为什么乡村小孩知道心疼家长、会干农活、认识作物、会带弟妹，就不是素质教育了呢？

老爸上菜

自从老婆朱曼玉被儿子请出家门后,冯凯旋就进入了他的"全新老爸"频道。

要学的,要补上的,还真不少。

比如做饭,这可不是把朱曼玉留在冰箱里的那些菜做熟了那么简单,还要做到好吃,让儿子爱吃,每天不重样。所以,现在冯凯旋下班后常在超市里转悠,而晚上的时候,他常拿着一本菜谱在看,《幸福早餐》《元气夜宵》《从今天起好好吃早餐》《天天早餐不将就》《双休日的美滋味》……书中那些体现"00后口味"的萌版早餐,更是他使劲的方向,诸如"青柠奶油鳄梨恐龙煎蛋""沙滩太阳足球场""海绵宝宝炒饭"……

除了做饭,再比如,接送补习班,下班后得掐着时间打车赶过去，有时晚上不巧遇到自己有主持活儿，那就更像打仗了：把儿子从春风中学接出来送到补习学校后，得飞一般赶去酒店；等主持结束，再赶回，不动声色地在补习学校门外等，这时差不多是晚上九点半，儿子正好要下课出来。

还比如，试卷签名，虽是学校要求家长的规定动作，但写什么呢？总不能总写"阅""已阅""需要努力"，但真写上"成绩退步较大""望老师严加督促"，也不太妥，因为也要顾及儿子的面子，签字的时候，儿子就坐在身边呢。他想，朱曼玉以前写什么的呢？

又比如，儿子在做作业时，偶尔会随口提问，某个字想不起怎么写了，某个公式不确定了，某句古诗后面接的是哪句。对此，但凡涉及理科的，以如今高中课程的难度，冯凯旋这当爸的哪能做得出呀。但，即使是那些属于文科的，他多半也回答不了，或者答错，这让他感觉自己像个白痴，一问三不知，当年的书怎么读的，忘到哪儿去了。他只能对儿子说，别总问，你自己查，自己查，印象深。儿子就不再问了，本来就是随口问问的。于是，这又让他这当爸的有没参与儿子学业的内疚。

还比如，即使对付儿子的作息时间，早上叫儿子起床别睡了，晚上劝他别做题了可以睡了，也没很简单，因为小孩不会总随你这么好说。

……

总之，林林总总，这都是"全新老爸"频道里要对付的功课，以前没弄过的，要学要补，还真不少。

那就顶住吧，练一回当高考生的爸吧。冯凯旋想。

朱曼玉已经搞砸了她自己，他当然得当心。

冯一凡可没觉得冯凯旋有多手忙脚乱。

他顶多觉得这爸有些笨手笨脚，有些傻乎乎的。比如他给自己按着那些不靠谱的菜谱做的东西，有些好像是做给小朋友吃的；而有些呢，又好像是做给恋人的，比如最近做的一款又红又白的早餐，蛋白奶酪番茄叠在炒面上，外面还缀了一圈草莓。难道是"爱心"不成？还有一道，是一片吐司上加果酱、花生酱，点上了紫菜，拗出奇怪的造型，说叫"作业本"……

与这些用力过猛的早餐相比，让冯一凡更觉喜感的，是某些夜宵，它们就像冯凯旋不时穿上身去的那件正装，状态高端，但透着一种可疑的气质，事实上，它们也几乎与他的正装同时出场。

比如这个晚上，冯一凡从学校自习回来，推门进屋，爸爸从厨房里探出身来说，一凡，今天有好东西吃。

冯一凡注意到爸爸好像也才从外面赶回来，衣冠楚楚，翻翘头，还来不及换上居家服。像个魔术师。

一分钟后，他还真像魔术师，从厨房里端出了一碗龙虾粥、两个叉烧包。

于是，冯一凡就知道爸爸又去喝喜酒了，因为他做不出这样的吃食，也因为这不是他第一次这样打包了。

按爸爸的说法是——"爸爸去喝喜酒了，回来晚了，来不及做夜宵了，就给你打包了。他们听说你在家复习备战高考，都说，多装点、多装点，加油，沾喜气"。

其实，自从与这个爸同住在这屋子里后，冯一凡也已经感觉出来他好像有很多地方喝喜酒的样子。爸爸的口袋里经常装着小盒喜糖，它们被带回家来后，就散落在这屋里的许多角落。

所以，这个晚上，冯一凡喝着这碗极其鲜美的龙虾粥，问爸爸：你又去喝喜酒了？

冯凯旋说，是的，最近同事结婚多。

冯一凡同情地瞅了他一眼，说，那你最近花了很多钱？

冯凯旋一边换上睡衣，一边对儿子说"没呀，没花钱，还拿钱"，突然反应过来，忙转过脸来，看着儿子问，你说花钱？

冯一凡说，喝喜酒不是要送红包的吗？

冯凯旋恍悟过来，笑道，是的，是的，都送穷我了，一个月的工资都送没了。呵呵，看样子，我得等我儿冯一凡结婚的时候，把它们一并收回来。

冯一凡脸都红了。

后来他埋头做作业的时候，心想，我结婚的时候？你那时又不是我这个家的爸了，没准你再婚了，没准我还不叫你来呢，你的钱收不回来了。

在儿子冯一凡眼里，这如今同处一室的老爸冯凯旋，有点像他正在刷的某些数学题。

好像做过，又好像没做过；好像有些眼熟，但其实是生疏的，有些远的。

　　所谓"有些远的"，就是原本无感。一家三口一起住时，这老爸对于他这儿子就没什么存在感，满耳满眼都是妈妈忙转的声音和身影。而他这老爸，被瞥见之时，不是在玩手机，就是在看书稿；不是在玩电脑，就是妈妈在跟他斗嘴。而跟妈妈斗嘴的他又总是被迅速熄火，连火气带人带意见，像空气一样被消融、被无视了。也是哪，谁争得过妈妈呢……对于冯一凡来说，这无感，还包括这老爸离自己的学业、生活总是几米之外，都是妈妈在操持，他这当爸的就没走近来，或者是也乐得不用费心……

　　而最近这几天，这原本有些远的老爸突然走近了，这就让冯一凡有些不适了。

　　这"不适"，首先是不自在，因为发现彼此有些生疏（因为平时也不怎么谈心）；其次是这老爸有些不靠谱，往远里说，上次潘帅老师家访他跟人家说的话，往近里说，最近他来补习学校接送好几次迟到，晚上九点半下课出来没见他等在学校门口，等了十几钟后他才不知从哪里赶来……

　　对冯一凡来说，老爸冯凯旋虽让他觉得不自在、不靠谱，但你要说他这儿子有多看不起他，倒也没有。这老爸多少也有优点，比如没有妈妈朱曼玉的那种侵略性。当然，你要说他这儿子有多看得起他，那也同样没有。如果以后长大了、上班了，要他像他这老爸那样过，冯一凡也是不愿意的。

　　冯一凡怀疑他这老爸在单位里可能已沦为"大叔"了（注意，不是韩剧里的那种帅大叔，而是日剧里那种灰扑扑的疲惫

"大叔"),按妈妈的说法是,"直线坠入边缘化"。也因此,冯一凡心想,瞧他每天也这么奔进奔出,去单位校对错别字,还装着笑眯眯的样子,指不定心里有多烦着呢;瞧他与老婆儿子这么挤住在这里,指不定心里有多百般无聊、无奈呢;再说一年后也要散伙了,估计散伙了以后,他也就这样子了,这一生,也不知在忙啥。

这么想,冯一凡也会有些可怜他。

尤其,在接下来的两周里,老爸冯凯旋为他做的三道菜,竟让他这儿子对老爸有了一些怅然。

第一道:方便面。

那是有天夜里,为了一本书的出版进度,冯凯旋和同事在单位加班,收工时已近10点,想到回家正经八百地做夜宵来不及了,冯凯旋就随手从同事办公桌上"顺"了一包香辣口味的方便面回来。回家后,他煮开方便面,加了一小把青菜、半根香肠,并煎了一个荷包蛋放在面上。当这碗"改良版方便面"被端到冯一凡面前时,冯一凡有些惊喜,因为他妈朱曼玉平时不太让他吃方便面(越没得吃就越是他的心念之物),他对着这碗蒸腾着香辣之气的面,不禁问了一句:可以吃方便面?

冯凯旋慌乱了一下,最后稳住阵脚说,嘿,又不是天天吃,咱别太紧绷,当然喽,方便面营养不多,但偶尔吃它一包,又有什么关系呢。

冯凯旋这话的调子里有对某妈"一向太紧绷"的嘲讽。儿子冯一凡微微笑了一下,然后稀里哗啦把面吃到一点汤都没剩,美味到连眼泪都快落下来。

第二道：生菜烤肉。

这也是有天夜里，冯一凡夜自习回到家，趴在桌上做作业，突然老爸冯凯旋从厨房里探出头来，说，快快快，进来吃烤肉。

深更半夜，哪来的烤肉啊？冯一凡慢吞吞走进厨房，见煤气灶上一只平底锅吱吱声大作，原来冯凯旋在炒辣白菜肉片。冯凯旋兴奋地对儿子说，用生菜把这辣白菜肉片包起来，趁热咬下去，就是韩国烤肉的味道。喏，你试一下看。

冯一凡这才发现厨房操作台上还放着一盆碧绿的生菜。

于是，这个晚上，冯一凡凑在灶台边，用生菜包裹老爸现炒的辣白菜肉片，趁热咬下去，还真吃出了烤肉的味道。呵，已经有多久没去韩国烤肉店了，一年？一年半？冯一凡问老爸，哪来的辣白菜？你买的？

冯凯旋说，有同事家腌了辣白菜，我向他们讨了一些来。

深更半夜，凑着煤气灶，吃着包着，冯一凡忍不住笑出声来，这山寨版烤肉虽然逗，但还挺高仿的，天晓得他是怎么发现的。

第三道菜：怪鸡汤。

这也是一个夜晚，当这碗鸡汤被端到儿子冯一凡的桌上时，冯一凡尝了一口，忍不住问，怎么有些奇怪的气味？

你感觉出来了是什么味？

煤气？冯一凡说。冯凯旋扬着眉摇头。

乳酪？冯一凡不确定地说。冯凯旋摇头，说，榴梿。

榴梿？冯一凡不禁笑出声来，这是想逗我乐吧，榴梿跟好好的鸡汤煮在了一起，是搞怪呢，还是离谱偏方？

冯凯旋告诉他，因为听说榴梿煮汤很补，所以试一下看看，好玩吗？

冯一凡一口口把汤喝完，虽然怪气，但也没太难喝，估计会记住一辈子的，算他有点意思。

这三道菜，相比于冯凯旋按菜谱炮制的那些"00后"早餐，对冯一凡来说，它们更具有逗感，因为他对它们笑出声来。

也因此，这老爸让他有些怅然。

这怅然，也使冯一凡对老爸那件不时穿上身去的正装礼服越来越纳闷。

他想，他穿成这样笔挺笔挺的，像个小开，不会是觉得自己适合走"高大上"着装线路吧。

你的秘密

看着老爸冯凯旋如今对于仪表的重视程度,冯一凡也会怀疑他是不是有女朋友了,或者在找女朋友,因为以前住"丰荷家园"自己家的时候他还不是这样的。

冯一凡心想,靠,你现在就找啦?你又没离婚。这是小三。

心里有这不忿,有些晚上,冯一凡一边做作业,一边就会对坐在沙发上看手机的老爸有情绪,因为他的那只手机不时发出嘟嘟嘟的微信新消息提示音。

冯一凡皱眉,心想,谁啊?这么晚了,女的吗?

而这个晚上,冯一凡见爸爸走到里屋去接听电话,他听见他在说:"好的,周四傍晚见,凯悦酒店。好的,我来我来,不见不散。"

冯一凡心想，周四？凯悦？还不见不散呢，有没有搞错啊。

结果周四傍晚，冯一凡在学校食堂吃了晚饭后，没上夜自习，而是出了校门，转了两路公交车，来到了城南的凯悦酒店。

冯一凡走进酒店，大堂里华灯璀璨，花团锦簇，一对办酒宴的新人在迎宾。

中学生冯一凡以前没来过这里，他心想，我靠，这么高档的地方，冯凯旋你真太烧包。

冯一凡穿过大堂，先在大堂吧看了一圈，没有爸爸的身影；然后又摸进了一楼咖啡厅、二楼中餐厅和西餐厅，看了，也没有。

冯一凡从二楼沿着旋转楼梯往下走，高悬的水晶灯近在咫尺、华光万道。他心想，这么高档的地方，爸爸哪有钱啊，多半是换地方了。

冯一凡走回到大堂，见那对新人正准备入场。他突然决定跟去东侧的宴会厅看看。

他心想，没准他是来喝喜酒的，他不是老在喝喜酒吗？

于是，冯一凡跟着新人往宴会厅走过去。

这个晚上，婚礼一开场，主持人冯凯旋就遇到了麻烦。

因为电脑程序意外出错，开场的灯光秀砸在了现场：众目睽睽下，音乐突然消失了，光柱混乱摇曳，让人目眩。

赶紧关掉，宴会厅里，一片黑暗，但新人已经在进场了。

怎么办？喜果婚庆公司婚礼督导宝生头脑里一片空白，都要哭了。

已经在台上的冯凯旋，拿着话筒，原本正要声情并茂地说开场白了，但这突如其来的故障，让他也当场蒙掉了。

时间滴答，空气似在燃烧，台下来宾瞠目结舌。冯凯旋脑海里突然电光闪过，他拿着话筒，在昏暗中说，各位亲朋好友，让我们在这暗场中，打开我们每个人的手机，打开手机灯光，让我们一起，为新人点起我们的灯。

台下的亲朋好友瞬间懂了，于是纷纷举起手机按下电筒，四下一片星星点点。微光映照着台上冯凯旋微笑的脸，他说，我清唱一首歌，让我们在歌声里，用我们手里的这片星光，照耀新人前行。

他就唱起来：

星光灿烂
穿过黑夜飞到你身边
年轻的心
带着那份驿动的心情
等待已久的梦只有自己知道
不会向谁说还是想做回自己
多少风雨才让我懂得这个世界
多少沉默才让我感到只有你最真
才会真心为我难过
……

台上的冯凯旋,当然不知道此刻儿子冯一凡正站在台下的阴影里。

站在阴影里的冯一凡,面对台上的爸爸早已目瞪口呆,有那么一刻不知身在何处。

这人是爸爸冯凯旋吗?

有这样好的嗓子,有这样机智的反应,不是故意制造的创意效果吧?……

冯一凡怔怔地望着台上这人,像在看一个梦境,是他的梦境,还是他老爸的梦境?

礼服、翻翘头、喜糖、喜酒打包夜宵……曾经疑惑的种种细节,此刻像这场子里的点点微光,浮出记忆,迅速连成了一片,令他洞悉,原来是这样啊,他瞒着我们在做这个呀。

他都快哭了,恍若自己被这人置在了一片假象里,瞒得这么深。他感觉自己不经意间掀起了窗帘的一角,这最熟悉的陌生人。这茫然和不忿,让心里瞬间体验了自己的虚飘和无安全感。他想,原来这样啊,原来啥也不知道。他想,这老爸在搞啥哪,啥都不说的。

冯一凡侧耳听,老爸的歌声正在穿过人群:"多少沉默才让我感到只有你最真/才会真心为我难过……"

他看见老爸伸展着一只手,像在幽暗中表白内心,也像在指挥着全场推进一支小暖曲。

这画风超出冯一凡所有想象能力之外,包括做梦的边界。但现在，它就活生生地上演在他的面前。

比冯凯旋与朱曼玉合演在他面前的那一出，要高级，牛×。他心里说，我×。

他心里的另一种感觉则是，如同坐在一列高铁，在飞快穿越茫然、喜感、忧愁，甚至可怜，各种滋味。

到后来，这些滋味把他搞迷糊了，令他鼻子发酸，眼泪夺眶。

他也不知道自己为什么会哭。

可能你也会，因为反差。

因为看惯了"low版爸"的你，此刻突然面对了这么一个"昂扬版爸"的他，他这判若两人的样子，他这挥洒自如的潇洒范儿，他这开心奔放的快乐气场，他这暖心机智的话语，像一股股带有颠覆感的热气浪，奔涌而至，从最初令你惊讶想笑，到最后对你构成莫名的感染。

是的，你感觉到了感染，尤其你们还同处一屋、朝夕相对，你还知道他其实灰扑扑的，其实未必开心，其实整天还对你赔着小心翼翼，于是他这快乐，就像他偷着乐，令你惊讶，甚至怜悯、忧愁、心疼，以及莫名其妙的感动……

哪怕你还是中学生，一时不明白这反差在心理上是相互弥补呢，还是互为条件呢。没关系，你照样想哭，像是被各种心绪给急迷糊了，没主意了似的想哭。所以，现在冯一凡在哭了。

他站在喜庆的人群旁边，嘴里在嘟哝着：我居然被他瞒了，我不舒服了，他这在干吗，他怎么这么能说话，还这么会唱。

冯一凡一直站在宴会厅左侧的廊柱后面，旁观了这场婚礼。

等冯凯旋主持结束后，冯一凡才向他爸爸慢吞吞地走过去。在他犹豫的步履中，他也没想好到底是赶紧溜走呢，还是去跟爸爸打个招呼。

当然，他最后还是向爸爸走去。

冯凯旋正匆匆忙忙地往宴会厅门外走，因为想着儿子快要下夜自习了，所以回家的心情比较着急。他手里拎着婚礼督导宝生帮他打好包的夜宵。

他没看见儿子正从左侧在向他走过来。

他走出宴会厅，穿过酒店大堂，哪想到，这时他听到儿子在后面喊了他一声，"爸爸"。

他回头，立马惊到了云端里，天哪，冯一凡怎么在这里？

他看见儿子脸上似哭似笑的表情。

而在儿子冯一凡的视线里，他这老爸的脸上是似逃非逃的表情。

冯凯旋脸红耳赤，慌乱地说，你怎么在这里？

冯一凡脸红了，嘟哝道，我来看看。

冯凯旋说，有什么好看的，你应该在学校自习的。

冯一凡不知道怎么回答他，他看着他的翻翘头，依然说，我来看看。

他们一时尴尬到不知从何说起。冯凯旋看见一辆出租车正好开到了酒店门口，他赶紧拉上儿子，出了酒店，打车回家。

趁着坐在车上的这一会儿,冯凯旋得以最快的速度,消化掉儿子今晚突然而至带给他的惶恐,否则找不到台阶下来,更丢面子,谁让他是爸呢。

冯一凡也得以最快的速度,让自己若无其事地稳住,否则万一眼泪又出来了,那也太尴尬。他感觉这个晚上自己有点不妥,到底在想什么呀,到底想怎么样啊,不知道,但很清楚就目前的态势看,今晚自己的泪点相当低,所以得稳住,否则会把他吓一跳的,也会让自己和他都莫名其妙的,这后面怎么演啊?再说,怎么可以对着他哭呢,有没有搞错。

冯凯旋看了一眼儿子的侧影,心想,他一定是跟踪来的,应该全看到了吧。

冯凯旋毕竟是有舞台经验的,他稳住情绪,凑近儿子的耳边说,呵,你看见了?

冯一凡,嗯。

冯凯旋注意到了他的淡漠反应,就笑了笑,说,爸爸只是玩玩。

冯一凡说,嗯。

冯一凡侧着头在看车窗外掠过的街景。

满街霓虹。他的侧影里没透露情绪。

是觉得太无语?太惊呆?太low了?还是无所谓呢?冯凯旋心里有茫然。他想要到与儿子感受有关的东西,好让自己的头绪和接下来的应对有个方向,但他没要到。心急慌乱中,就从口袋里掏出一个红包,塞到儿子的手里,说,呵,他们刚给的。

冯一凡问是什么。

冯凯旋凑近儿子的耳朵,告诉他是刚才拿的主持酬金。

他说,你拿着。

冯一凡没要,把它放回到了爸爸的膝盖上。

冯凯旋说,你可以买个苹果iPad的。

冯一凡嘟哝,我不买。

冯凯旋凑近这小孩正看着窗外的脸庞,问他,不喜欢?

冯凯旋摇了摇头。

冯凯旋说,没时间玩?

冯一凡没响,没回应。

冯凯旋看了一眼前面的司机,把嘴凑近儿子的耳朵,装着解嘲似,轻声说,哦,是不喜欢爸爸做这个,觉得这红包不够高级?

冯一凡说,妈妈也不同意我现在买iPad。

冯一凡心里在想,我可没这么想,是你自己这么怪怪的突然要我去买iPad,我怎么去买?

冯一凡感觉鼻子里就更酸了。

这个晚上的泪点是有些莫名其妙的。冯一凡赶紧别转过脸去看车窗外。车正在经过江湾大桥,两岸是绚丽的城市夜景,江面波光粼粼。

逆 转

第二天中午,冯凯旋骑车去联合大厦建设银行,想把昨晚拿到的5000元主持劳务费存起来。

他在银行门前停自行车的时候,听到有人叫了自己一声"姨父"。

是一个男孩,穿着快递公司的绿色T恤,戴着遮阳帽,一手扶着自行车,很利落的样子。嗨,是林磊儿。

哎,你怎么在这里?冯凯旋问。

林磊儿告诉姨父自己来联合大厦送快递。

冯凯旋睁大眼睛,说,送快递?

林磊儿就告诉他,自己刚找了个活儿,课余有空的时候在学校附近的这片街区帮快递公司送点快递,主要是双休日下午,可以当作学习累了后的调剂,暑假也快到了,当社会实践也好。

冯凯旋真心觉得这小孩真不错,学习好,意识也棒,会吃苦,以后一定是有出息的那种。

冯凯旋突然就决定不存钱了,就把这钱给他算了,上次这小孩大雨天跑来向自己借钱没借给他,心里一直有些歉疚;而最近耳边又好像有听见朱曼玉在唉声叹气,说没能让他去北京集训。

于是,冯凯旋就从包里掏出那个红包,要林磊儿收下。

这么突然,林磊儿当然不要。

但冯凯旋说,姨父最近赚到了一点钱,你看不起姨父啊?姨父觉得你好,你收下,姨父会特别特别高兴的,又不是用在吃喝玩乐上,你好好用在学习上,如果你不要,就是看不起姨父这钱了。

他这么说,林磊儿听起来有些怪,姨父从小就是大城市人,自己哪会看不起他呀,姨父长得多帅啊。

但林磊儿也没多想,见冯凯旋态度坚决,他就高高兴兴地收下了,说,谢谢姨父,我会加油的。

林磊儿把这厚厚的红包放进背包,冯凯旋说了声"别掉了",林磊儿说"不会的",就跟姨父再见,骑着车走了。

这笔钱,连同上周林永远带给儿子林磊儿的那一笔,合在一起,1万元,在星期六下午被交到了宋倩的手里。

林磊儿在"宋家私塾"的金牌物理培训课,也于当天下午在"书香雅苑"2号楼宋倩家里开上了。

林磊儿与十几位中学生挨挨挤挤地坐在宋家的那些小凳上，面对墙上的白板，听着宋倩老师条理极清的授课。

才上了一节课，林磊儿就感觉，她真强。

强到几道难题分解下来，就能让你感觉她的功力。

林磊儿心里漾着轻快，那种瞬间领悟难题后的快乐。他想着爸爸和姨父的脸，觉得这钱真好，这课也讲得真好，教的是思路，难怪很贵哪，难怪在学校外面卖得出，哪怕在春风中学马路对面，生意也这么好。

林磊儿想，与学校还这么近，这么方便，如果有钱，可以从马路对面，直接过来买这里的课。

但因此，他恨这课、这钱，喜欢它，也恨它。

他想，它让我花了他们这么多的钱。

林磊儿在楼上宋倩家上课的时候，冯一凡趴在自己家的餐桌上做作业。

冯凯旋正在一旁换衣服，今天晚上香格里拉饭店有一场婚礼将由他主持。

既然前天晚上儿子已窥破了他当婚礼主持人的秘密，现在冯凯旋也就不回避了。他刚才已告诉儿子，等会儿先把他送到"经纬化学"培训班上课，然后自己再赶去香格里拉饭店，等晚上婚礼结束，再过来培训班接他。

冯凯旋在系领带，他感觉儿子的视线落在自己身上。其实这个下午，他坐在沙发上研究菜谱的时候，就感觉儿子的视线不时在自己身上打转。

　　冯凯旋知道他在想心事，也知道他是不会轻易对你说出来的。这个年纪的小孩，有许多都是这样的，让爸妈常不知所措，让爸妈找不准他们的情绪阀。

　　冯凯旋现在心里就有这样的不知所措。因为，从前晚凯悦酒店回来至今，这儿子就没再跟他提及他在外悄悄当婚礼主持人这事，也没表现出想聊这事的意思和兴趣。如果真这样也就好了，他管他小孩自己的事去，别管大人的事。但好像也不是，这儿子明显又是有情绪压着的。什么情绪呢？对你无语？觉得你low？做这种主持人搞笑？还是无所谓呢？儿子不说出来但又好像有心事，这就让他这当爸的找不到北。很明显，这两天这屋子的空气中就有一些怪东西。

　　冯凯旋心想，可能是这小孩从小就没跟我聊天的习惯，这都是朱曼玉霸着位的结果。

　　这么想，他又觉得这小孩可怜，被他妈管得太内向。他由此眼前晃过那天在出租车里这小孩有些自闭的避闪神情。

　　他心想，我问你是不是觉得这红包不够高档，也是心急了，没非要你回答你看不看得起爸爸做这工作。

　　于是正在系领带的冯凯旋就忍不住了，回头说，我知道你在想什么。

　　儿子冯一凡慌忙把视线落在作业本上，没出声。

　　冯凯旋说，你觉得这个爸爸有两个人。

　　儿子瞅着他。

冯凯旋说,一个是冯一凡的家长,一个是台上的婚礼主持人。

儿子瞅着他。

冯凯旋说,爸爸做主持只是喜欢。

儿子"嗯"了一声。

冯凯旋说,因为爸爸享受在舞台上的感觉,很享受。

儿子说了一声,知道。

冯凯旋说,爸爸平时也不怎么喜欢说话,也不知道为什么站在婚礼台上时就特别喜欢说话,爸爸自己也不清楚,但爸爸感觉那一刻很享受,很舒服。其实,爸爸现在身边的人没人相信爸爸能当主持人,所以爸爸也不告诉他们。爸爸从前认识的那些人,倒没人觉得特别奇怪,因为他们记得爸爸小时候唱歌好。

儿子对他点头,说,唱歌是不错。

冯凯旋听儿子这么说,心里就有了一点放松,问,你没觉得爸爸做这个不好吧?

儿子说,没有。

冯凯旋说,是的,没什么不好,就是没像做IT的、创业的那么高级,但收入也还好,所以爸爸也很喜欢。

儿子冯一凡低下头,装作在整理书包,眼睛里有水。他嘟哝,我没觉得,你喜欢就好。

冯凯旋就有些放心了。

也可能是冯凯旋自己对这工作在他人眼里的定位还有点心虚(也难怪,这婚礼主持职业对于一个大男人来说,毕竟有点另类),所以,他又对儿子解释说,虽然不那么高级,但要做好也还是不容易的，也有专业度的。

　　冯凯旋没在意儿子一直在低头整理书包，他顾自说，比如你前天看到的灯光秀故障，主持人最担心的就是这种现场电脑音乐播放程序出故障。爸爸是业余的，现在还没有专门搭档，那些自我要求高的主持人，会专备助理在现场专管电脑音乐播放程序，一丝都不能错。你偶尔的差错，对新人来说，就是一辈子的记忆和遗憾。

　　儿子冯一凡说，是的。

　　冯凯旋披上了他的那件黑色礼服，说，好了，爸爸先送你去"经纬化学"。

　　冯凯旋走进厨房，去拿为儿子备好的在培训班上吃的盒饭。当冯凯旋出来时，看见冯一凡已经穿好鞋站在门口了。

　　他没有背书包，他对冯凯旋说，爸，我今天不去"经纬化学"了，因为我又不考理科，去干啥？今天我跟你去参加婚礼。

　　冯凯旋睁大眼睛，说，你跟我去干吗？

　　冯一凡告诉他：一是去帮你管电脑呀，二是我去散散心，沾点喜气回来呀。

妈妈的路途

父子俩出门15分钟后,朱曼玉拎着一个保温盒,开门进来。

她是准备来强行突破的。

因为她已经有三个星期没见着儿子,没跟儿子说上话了。

这个星期六的下午,她在"丰荷家园"的家里,想着这事,心里无比抓狂,后来她去了一趟菜场,回来后烧了一锅儿子最爱吃的红烧肉。她把红烧肉装进保温盒,然后,准备以装作给老公冯凯旋送菜的样子,前往"书香雅苑"强行突破,闯入门去,与儿子冯一凡说上几句。

都三个星期没见了。

人生有几个三个星期呢?如果明年考到外地去了,那么一起过的日子扳着手指头都数得过来。即使不考到外地去,18岁以后总要出门，交女朋友，读书就业，过他自己的生活，所以母子俩朝夕相处的日子其实没那么久长，一天天都得珍惜了。而现在都三星期了，所以闯入是必须的。

所以，朱曼玉拎着保温盒就过来了。

开门，进屋，她叫了一声：嗨，看我给你们送什么好吃的来了。

没有回应。她发现屋子里没人。

她这才想起来，今晚上冯一凡在"经纬化学"还有一个培训课，该是去培训了吧。看，三个星期没在一起，下午乱箭穿心，光想着强行突破，没想到这一点。

她想，刚才来的路上太堵了，多花了半小时，否则还是能撞上的。

那么，要不要在这里等他们晚上回来呢？朱曼玉把保温盒放在餐桌上，犹豫着。

她突然看见了餐桌上的书包，也看到书包旁摆着的"经纬化学"讲义资料和"经纬化学"听课证。这些东西都是她帮儿子报名时从"经纬化学"那里拿回来的，她当然眼熟。

她怔了一下，还没走？

她看了看手表，五点半，这个时间应该要出发了。她有些疑惑。

她在沙发上坐了一会，也没见父子俩回来。她就开门出去，想先到楼下小区里去找一下看看。

她坐电梯下来，在单元门口，遇到了宋倩家的乔英子。她随口问了一声,哎,英子,你有看见冯一凡吗?

乔英子笑着说,刚才看见冯一凡跟他爸出去了,说去香格里拉饭店。

"香格里拉?"

乔英子说,嗯,冯一凡说去帮他爸婚礼上做事。

他爸婚礼?做事?朱曼玉心里突突乱跳,想象力瞬间铺展得无边无际。她脚步凌乱地往小区中央走,心想,他爸婚礼,跟谁啊,这就能办了?还没离呢?儿子去做事?课也不上了去做什么事?天哪,儿子知道我们的事了?她迷糊而焦虑地走着,想想又不对,好像还不至于这么乱来,可能是带儿子喝喜酒了。她就掏出手机,给冯凯旋打过去。

这次冯凯旋很快接了。她问,你们在哪儿?

她听见冯凯旋说,我送儿子去培训班呀。

她克制飞快的心跳,按捺住自己的声调,说,你们在路上?

她听见冯凯旋说,是的。

她问,送完他后你去哪儿?

她听见冯凯旋说,我在"经纬化学"那边等他。

她心里真想暴揍他,但她沉住气,装作开玩笑地说,今天你不去喝喜酒吗?

她听见冯凯旋笑了一声,说,我哪有这么多喜酒要喝。

朱曼玉开车到香格里拉饭店时,天色已暗了。宴会厅里婚礼已经开场。

接下来,朱曼玉与几天前的儿子冯一凡一样,目睹了梦中都做不到的奇葩一幕,看到了枕边人永远没让自己看到过的夺目一面,那是生活的另一面吗?

朱曼玉比儿子冯一凡所看到的,还多了一个细节,那就是冯一凡本人。她看见这儿子坐在音控台那边,在盯着一台笔记本电脑,一脸专注,像个小小的电脑工程师。

朱曼玉感觉下午做红烧肉时自己谋划的强行突破,与此刻相比,算哪门子强行突破啊。

此刻才是真正的强行突破,并且一突就到了他的隐秘。真正的乱箭穿心此刻才真正来临。

朱曼玉遏制住自己向他俩靠拢过去的脚步。

与几天前的冯一凡一样,她心里同样像有一列高铁在穿越惊讶、搞笑、茫然、感染……各种滋味交织在一起。但与儿子相比,她除了是个成年人之外,还是个职业妇女,尤其还是个财务工作者,因而在"易焦虑、情绪化"等当下主妇的普遍性格之外,还有理性、克制的一面,尤其还会算;所以她让自己在这片裹卷着结婚喜气的匪夷所思的冲击波中,像一条鱼一样地张开嘴,深深吸气,稳做心跳,没让自己被惊晕过去,包括儿子今晚"翘课"这事。8000块的学费哪,她也没让这份懊恼情绪在心头过于停留,因为她明白,眼前的这一幕反差太大,虽一下子说不清什么,但好像有什么东西要琢磨一下。自己被儿子请出家门才三星期哪,这戏就演到这样了,所以要加紧分辨,事关自己虽小(都快要离了的人了,他唱歌跳舞也好,当婚礼主持也好,只能随他去了),但事关儿子被带好带坏就事大了,一个晚上"翘课"事小,一辈子事大。

她悄悄地往外撤,心想,再观察观察再说,他在做什么?他们在做什么?这事我需要消化、梳理,再做交涉、谈判。

她走出香格里拉饭店时,已想好了战略。

在随后的日子里,她对父子俩的跟踪,就是从这个夜晚开始的。

这个夜晚,婚礼主持工作结束后,冯家父子从香格里拉饭店出来,他们压根儿不知道一小时前朱曼玉曾来过这里。

走出酒店的父亲在问儿子,觉得管电脑音乐程序好玩吗?儿子说,还行。

这个夜晚,月色皎洁,城市里难得有这样的月光,父子俩也难得有这样的夜晚,于是决定走回去,这里离"书香雅苑"也不是太远,3000米左右。

这一路上,父子俩之间话并不太多,但比平时略多。

这个晚上,冯一凡告诉爸爸自己会读文科的,因为更爱好文科。

这个晚上,冯凯旋说,只要你喜欢,并且想好了,那就读吧。你妈妈那边,我再跟她说说。冯一凡说,我想好了,我一直在复习。

这个晚上,冯凯旋也说到了"爱好",他说自己喜欢唱歌说笑,喜欢每天面对开心的人,做了婚礼主持人后,这些让自己感觉轻松、快乐的爱好，也得面对它们作为职业所需要扛的压力。因为开开心心来结婚的人，对美好效果有他们自己的要求，看你能不能还原，是不是能比计划做得更好……

这个晚上快走到"书香雅苑"的时候，冯凯旋问儿子"爸爸今天发挥得还好吗"，仿佛想向儿子讨表扬。

冯一凡说，还好。

冯凯旋转过脸来，瞅着儿子说，没觉得爸爸这人其实蛮搞笑？

是有点。冯一凡嘟哝道，而他心里在说，但治愈了我。

朱曼玉跟踪到第三次之后，理出了思绪，但更引出了一堆相当凌乱的情绪：

1. 天哪，看不出你冯凯旋还有这一手，这是从哪天开始的？做这个有多少年了？很搞笑，说出来谁都会笑的，竟然在做婚礼主持人呀，但做得倒挺像回事的，只是你这对我们藏着掖着的，什么意思啊？打小算盘吗？那天在锦香饭店有听人在议论"请这人主持5000块钱"，5000块，什么概念，真的假的，难怪豁出脸面去做这个了。天哪，难怪一声不吭了，钱自己藏起来了。注意，这算婚后的，既然你这么能赚，怎么没见你给儿子买过什么，也没见你给我买过一个真包包？儿子补习班的学费还是我缴的，你有没有良心？

2. 看不出他在台上竟像个歌星，虽然刚结婚那阵也曾和他随朋友们去唱过卡拉OK，知道他会唱，但那时的"会唱"与现在他在台上的范儿根本就是两个概念。不说以前，就是如今在家面对的那个灰扑扑的他,也与台上这个光鲜的他判若两人,没人敢相信是同一个。这人好可怕,双重人格,每天这么在玩穿越?要不就一顽主,只爱玩他自己的小把戏,做正事上不了台面;当然人到他这年纪上不了台面,那也木已成舟,能这么乐一把赚点钱,总比闲着是好。但他在台上深情无限,在家里怎么一点情趣都没搞出来,就连"犯规"都没什么情调,是觉得这个家没劲了,所以不使劲了,结果使到这外面来了?

3. 儿子跟着他来这种场子干什么?玩电脑,打小工?儿子在冲高考了,他这当爸的就不知道心要静,人要纯吗?人家结婚,情情爱爱,他这中学生来凑什么热闹?还小呢,早着呢,他这当爸的在台上浪漫抒情,万一这儿子被熏陶了,闹出早恋来怎么办?这个爸真是人间极品,居然让儿子翘了"经纬化学"3次课了,8000块的学费哪……

4. 这父子俩在搞什么鬼?儿子是什么时候知道的?儿子还知道什么?他们就没想让我也知道?!儿子不想跟我说话,但现在倒是喜欢跟他说话了?他对他搞了什么名堂?才三个星期,我就成外围了,被边缘化了,我十几年养育功劳被他这三个星期抢走了。原本我也不吃这醋,妈吃爸什么醋啊,但问题是我们要离婚的,儿子被他这么撬走了……

想到自己被他们边缘化了,朱曼玉心乱如麻。她想,什么条件都可以答应,只要儿子跟我说话,只要儿子跟着我,只要他高高兴兴,没病没痛,只要他们别让我这个妈都没得当……

春风中学潘帅老师的电话就是这个时候打来的,他说有事想跟冯一凡妈妈聊聊。

星期五下午,朱曼玉走进潘帅老师的办公室。她看见这个小年轻老师今天穿了一件红色T恤,面前摆着一堆讲义。

潘帅老师问她,"冷处理"做得怎么样了?

她告诉老师,"冷处理"做到我都不知该怎么收尾了,我太被动了。

潘帅老师同情地看着她,说,冯一凡心情好点了吗?

她说,我只知道我是越来越不好了。

潘帅老师睁大眼睛,说,哦?

她急切地问,老师,你有什么好办法?只要他跟我说话,开开心心,没病没痛,我啥都行。

于是,像所有热爱人文、关注学理的青年人一样,潘帅老师就将"一时与一辈子""时代不同了,家长的经验不够用了""尊重孩子的多样性""人生赢家定义的广阔性",以及"培养无法想象的人"等一并推送过去,也不知这年近中年的妇女听不听得明白,他上来先一通"名词轰炸",然后他指给她看桌上的那堆文科讲义,说:这就是冯一凡的决心。

他还把一本书递给她,建议她看一下,《过去与未来之间》。

在他说话的时候,朱曼玉目光专注,但基本上没听进去哪一句,因为她心里在狂奔:得得得,好好好,你不用说了也行,我投降,只要把我儿子搞回来,随便什么都可以。你说"时代不同了老妈经验不够用了"也行,只要经验不够用的老妈还有得当老妈，得得得，只要他对我说话。

于是，她对潘帅老师连连点头，说，行行行，转文科就文科，只要他对我说话、让我回家，只要他开开心心，没痛没病。我要回家。

潘帅老师心里一阵狂喜。他想"冷处理"效果好哪。

他控制住得意的情绪，以沉静的语调告诉她，自己会跟冯一凡说他妈妈同意他读文科了，相信他会很高兴。

潘帅老师说，这对他来说是一个好消息，我建议你自己也用一个好的方式，去向他宣布这个消息，分享他因此的高兴。我相信他不跟你说话，他心里对此也是有压力的，你俩都需要妥善减压。

朱曼玉从潘帅老师办公室出来，走向春风中学的校门。

她想着潘帅老师的建议，突然就决定现在立马去对儿子说。

她转身往教学楼走，这时是周末下午5点，教学楼里多数学生都已走了，有的是周末回家，有的是去校外补习。

朱曼玉在高二（2）班的教室里没找到儿子，她估计可能是已被老公冯凯旋接去上城南"敏捷课堂"的物理、化学培训课了。这个时间点也确实是该过去了，因为周末晚高峰路堵。

她想，如果儿子不考理科了，这两门也就没必要补了，那么现在也不用吃这个苦头了。要不我现在就去一趟"敏捷课堂"，当场告诉他，这对他也算是一个突然惊喜。

她想，嘿，这也算是一个突然袭击，突然惊喜。

于是，朱曼玉出了校门，开车去了城南的"敏捷课堂"，哪想到，到了那儿发现儿子没在。

有过前三次跟踪经历的她，心里有些明白原因，所以也没太惊讶。她问"敏捷课堂"的补习老师，果然，老师说冯一凡刚才让他爸来电话请过假了，说今晚跟家长去凯悦酒店参加一个婚宴。

于是，朱曼玉立马开车前往凯悦酒店。她到那儿的时候，婚礼已进行到新娘爸爸发言的环节。她透过欢乐的人群，一眼就看见了台上的老公和台下音控台旁的儿子。

她在后场站了一会，然后出来，到酒店大堂等婚礼结束，等他们父子俩出来。

她想，我这还真是一个突然袭击，等会儿他们看见我在这里，估计眼珠子都会掉下来。然后我再来一个当场宣布，答应儿子转文科，绝对有效果……

与朱曼玉想象的一样，当婚礼主持工作结束，冯凯旋、冯一凡从场内出来，走到酒店大堂时，突然见朱曼玉迎着他俩而来，他俩简直目瞪口呆。

中学生冯一凡是少年人，反应快，他的第一反应是，老妈来了，快跑。他拉了一把老爸的手，拽着他，撒腿就往酒店门外冲，冯凯旋因老婆突然驾到不知她会如何发作而脑子暂时空白，被儿子拽着往前跑。父子俩冲上了门口的一辆出租车。

朱曼玉在后面冲着他们喊，别跑，听我说呀。

朱曼玉看着车子绝尘而去,心里空茫。她说,别跑,我是来投降的。

这个晚上,深夜1点,在判断儿子已经熟睡了之后,朱曼玉潜入"书香雅苑"。

她上楼,蹑手蹑脚地开门进屋,穿过小客厅,进入里屋。

她对坐在床上、等着她到来的冯凯旋说,嘘,轻点。

冯凯旋先前已收到了她要来的微信,所以在坐等。他虽然已准备了各种说辞和借口,但心里依然惶恐。

在黑暗中,她伸着手指,指着他说,别解释,先听我说。

她说,我是来投降的,向儿子投降,不是向你投降。

这个晚上,压低声音,双方进行了在静夜时分必须平和、安静、以防吵醒隔壁儿子的对话、协商、妥协。

那种感觉有些异样,有些好笑,也有些兴奋。于是冯凯旋忍不住又"犯规"了,朱曼玉让他得了手。喘息之间,朱曼玉呢喃道,你在台上这么会说,你从哪儿学来这么油嘴滑舌,你说的全都是排比句,你怎么从不对我说……

冯凯旋微微笑,说:说排比句需要氛围,说排比句需要激发,说排比句需要共鸣……

第二天清晨5点,朱曼玉悄悄起床,先在厨房里给儿子做了份早餐,然后在儿子起床之前,溜出了自己的家。

按昨夜的商议,"妈妈同意转文科"这一消息,将由冯凯旋今天在儿子冯一凡起床后向他宣布。与此同时,关于母子说话、妈妈住回家等相关事宜,也由冯凯旋对儿子先做疏导,再视具体情况而行。

  妈妈朱曼玉归家的那一刻,是中午时分。
  她忐忑地打开门,进屋来,发现老公冯凯旋不在家,儿子冯一凡在厨房里叮咚叮咚地不知在做啥。儿子把头探出来,对她说,妈妈,你先等一下,很快的,不要进来。
  她表情有些拘谨,说,好好好,不进来。
  3分钟后,儿子把6盘菜从厨房里端出来,摆在桌上。
  面对儿子为她做的这一桌菜,朱曼玉泣不成声,泪流满面。
  她呢喃,你也会做菜了?
  儿子指了一下沙发旁的那堆菜谱,说,这方面我可能比爸爸更有感觉。

"爱情"演出

潘帅老师对"师傅"李胜男老师说，看见了吧，季扬扬、冯一凡同学及其家长们，一个个搞定，摆平。

李胜男老师笑道，你确实可以算是菜鸟逆袭。

潘帅说，呵，"御姐"，让你表扬一下别人会这么难，夸我还先把我贬成"菜鸟"。

李胜男看着潘帅脸上习惯性的迷糊表情，笑道，哎哟，说你"菜鸟"，可不是说你笨，只是说你原先有些懒。

潘帅心想，难怪你相亲老是成不了，跟男人不会说话，那么直。

呵呵。潘帅说，我是懒的，我一直挺懒的，我还在想呢，有没有懒人的带班办法。

懒人办法？李胜男捂嘴而笑，说，又不是做菜，还有懒人手册。

潘帅说到做的，他还真的在高二（4）班搞起了"懒人"带班实验。

他将全班同学分成6个团队，由学生自由组合。他说，不一定非得坐在一起的，随便，你们瞅着谁投缘，拉过来，组合，每人轮当团队长。

然后，这6个团队每周轮值"卫生""纪律""写名言""课间创意"等各项工作。然后，亮点来了，在每周四举办的"班规活动日"上，由各团队轮流当家，讲述各自一周的发现，呈现草根意见，提出顶层设计方案，自我评价，PK打分……高二（4）班一时热闹非凡。季扬扬轮执"闪电组"团队长的那一周，他在班里组织了一场篮球赛，男女生混打，引来其他班同学围观尖叫；而一向懒洋洋的女孩王圆圆轮值团队长时，因带队友用抹布将教室地板手工擦了一遍，被人当场封为"王小妈"。

潘帅老师对前来取经的别班的班主任们说，我这人比较懒的，让他们去搞吧。

他说，我放权，让他们去搞，他们缺少展现自己的平台，换一句更实在的话说，就是他们缺少能让他们说了算的机会，我这儿就让他们说了算吧。

他说，他们学得太苦，学得太孤独，缺少聚的机会，所以我可怜他们了，给他们聚的机会，这就算是对体制的人性补充吧。

他笑了笑，说，呵，让他们搞，哪怕搞得像个家，也不错。

李胜男老师心里想笑：你自己都还没成家呢，先在班里带学生"过家家"了？

还没当家长的"懒人"潘帅老师，想带着高二（4）班的男生女生们"过家家"。

而夜自习归来，坐在家中挑灯复习的冯一凡，抬起头，看了一眼这屋子和屋子里的另外两个人，可没感觉这像一个"家"。

因为它的气场是乱的。这在他的眼里有些明显。

因为，三个人，犹如三股相互作用的力，如今虽已被纳进这同一个屋檐下，但它们隐含着逆冲、离散的因子。它们时不时就因各种日常琐屑，而在这屋子里呈现各自奔突的苗头，甚至能让你从空气中嗅到一缕局促、费劲、尴尬、茫然的气息。

毕竟是要离的人在同演这最后一场聚的戏，这很必然。

两口子多年积攒的问题，也总归是有它们必然的原因。

虽然如今为"中国式人生大剧——高考"，三人重新又挤住在了一起，并且表面已相安无事，这只能说演得努力，但演技毕竟无法招架生活的破绽。

作为中学少年，冯一凡对于中年人生悖论，没感同身受的能力，但作为儿子，他感觉到了自己的忧愁：他们对于他的力，是同向；而他们之间的力，时逆、时顺、时隐、时现，这屋子潜伏的紊乱气场即来自于他俩之间。

作为他俩之外的第三人，他清晰地瞥见了它，是因为它最终的走向与他这个小孩有关。

这走向的终点是:这个房间所代表的"家"是有限期的,无论是房屋租期,还是考试期限。

因此,他想让各股力往一个方向走。

他想,我要出手使力了。

这个晚上10点15分,冯一凡刷了三组数学题后,下楼来放风。

他看见乔英子和季扬扬已经在喷水池那边了,他走过去,说,嗨,你们在聊什么?

这依然是"书香雅苑"灯火璀璨的夜晚,无数窗口映着无数挑灯夜战的迎考少年的剪影。

这个晚上,楼下喷水池边的三个少年人聊了季扬扬即将出国留学的事。季扬扬已经办好了去美国的留学,下学期在旧金山读12年级,今年暑假之后他就将出发前往。对于即将到来的留学之旅,季扬扬充满兴奋,他说他要去看NBA篮球赛,要去练球,要去学流行音乐,如果以后唱不红,那就学电影……

这个晚上,在季扬扬嘴里生辉的这条路,映照着他头顶上方"书香雅苑"无数挑灯夜战的窗户。是的,这是另一条路,如果有条件,可以不走你们这条路,切换路径。当然,这必须有条件,所以冯一凡、乔英子暂时只能羡慕。

这个晚上,季扬扬还说到了让他受窘的小弟弟。他说,我走后,他们的小宝宝就出世了,他们就不空巢了,我就不难为情了。不是我不喜欢小宝宝,而是我不喜欢我都快读大学了他们还给我搞出了个小弟弟。

这个晚上,冯一凡发现自己比羡慕他出国还更羡慕他有小弟弟。他对他们说,如果我爸我妈现在给我弄出个小弟弟小妹妹,那就好了。

他心想,真心的,可不是说说的,但你们不懂。

这个晚上,乔英子虽然未必懂冯一凡说这话的背景,但她说到她妈宋倩时,有类似的意思。

乔英子说,如果要生小弟弟小妹妹,那我先得给我妈找个老公,不把她再嫁出去她怎么生呢?我哪,还真得把我妈给再嫁出去,否则,别说我去美国留学了,我就连北京都去不了。她不会让我去北京读书的,因为她得跟我相依为命,所以我若要自由,就先得把我妈嫁出去。两位,如有好叔叔单身,给她介绍哦。

这个晚上,冯一凡看了一眼乔英子,心里一动,心想,要不请她帮个忙。

这是一个阳光明媚的上午,女儿去学校后,宋倩在家里先搞了一下卫生,然后把几件衣服洗了。洗完后,想了想,天热起来了,该给女儿换个席子枕套。

她去女儿房间拿枕头的时候,看见床头柜上放着一本粉红色的本子。

她好奇地打开,呵,是女儿写的日记。

女儿读书这么忙,还记日记?估计是临睡前在写,忘记收起来了。

宋倩心想，那得劝她别记了，现在晚上本来就睡得晚，再写写画画，会影响睡眠，以后到大学里爱怎么记就怎么记，有的是时间。

宋倩好奇地翻着本子，也不多，总共写了四五篇，可见也是最近刚开始写。

每篇日记都不长，都是书信体，宋倩看着文字："晓旭姐，这样一个下雨的夜晚，我听着窗外的雨声，想倾诉心里像梦一样的思绪……""晓旭，每一阵风都会让伊的脸庞浮现在我的面前，每一个瞬息我心里都有思念，是人生都若此经过，还是若此经过才是人生……""晓旭，怎样用诗书倾诉少女时代像雨雾一样的心念，情不知所起，点点滴滴，纷纷扰扰，与谁人说……"

宋倩想笑。因为在自己的少女时代，她也有这样的本子，也写些忧愁但又无病呻吟的漂亮文字。

宋倩放下本子，拿起枕头往房间外走。突然，她感觉有些不对，"晓旭"？谁是晓旭？同学吗？男生？

她回过头去，又拿起本子，翻着。她看见本子第一页上有一行娟秀的字体——"写给陈晓旭"。

陈晓旭？认识的人里没这人。

她心里突然一跳，那个演林黛玉的女演员不是叫"陈晓旭"吗？可是陈晓旭已经过世了，她写给她？夜晚时分，在这个世界写给另一个世界里的人？

这么转念，宋倩脸色发白了，本子也掉在地上。

宋倩熬到晚上9点10分女儿下夜自习回到家,问她,这个晓旭是那个演员吗?

乔英子告诉她,是的,你偷看我的日记了?

宋倩神色惶恐,问,你为什么要给她写信呢?

乔英子告诉她,因为我觉得她就是我心目中的林妹妹,多愁,忧郁。

宋倩支棱着眼睛,问,为什么要给林妹妹写信?

乔英子茫然地看着妈妈,想了一会儿,说自己就是想说说心里的感受,好多好多的感受,想跟她讲。

宋倩感觉此刻像在虚空中对话,一切仿佛不真实,但又有明确的心悸,她依然问女儿,你为什么要给她写信呢?她都过世了。

乔英子没出声,手托着腮帮子,眼神有些发定,隔了一会儿,告诉妈妈,可能是因为学累了,也可能是因为喜欢一个男生了。

宋倩刹那间睁大眼睛,说,啊?喜欢男生?

乔英子垂下眼睛,说,自己也不知道怎么办,妈妈,是不是完了?

荒谬感铺天盖地,宋倩感觉客厅里的吊灯让她目眩。她隔了半晌才开口说,不可以,英子,也不会的。你小孩子,今天喜欢某个男生,明天就不喜欢了,就像小时候买的玩具,三分钟热度,会很快过去的,不是真实的。赶紧把心思放在学习上,一心一意,都什么时候了。

乔英子瞅着她，说，是真的，因为我知道，因为我天天、时时有想他。

宋倩感觉不妙，脸色发白，说，不可以这样的。男孩是谁？你们班的？

乔英子告诉她，是楼下的冯一凡。

宋倩欲哭欲笑，心想，这男孩是挺帅蛮好的，但你还是早了。老天爷哪，你怎么偏偏这个时候萌动了呢？再晚一年，过了高考，随你怎么单恋就单恋，但现在可不行，早一天都不行哪，搞不好，前功尽弃。都读了11年了，辛辛苦苦，一天天地熬，你小孩子读得有多可怜哪，眼看都快跑到终点了，这狗血的青春期竟这个时候冒出来横插一杠子。

心里乱箭纷飞，但宋倩还是故作镇定，对女儿笑道，你又不了解冯一凡，只是看着他好看吧？其实这也未必是真的喜欢，还好，还好，他也不知道你喜欢他，否则会闹笑话的，会丢脸的。英子，把这种感觉藏在心里，过两天就会像感冒一样过去了，少男少女都是这样的，妈妈知道的。英子，现在对自己说一声"放下"。

乔英子没出声，她把脸贴在桌面上，隔了一会儿，说，但是，我得跟他去讲。

跟他讲？宋倩眼睛发直，失声说，啊？这不可以的。

乔英子告诉她，不讲出来的话，我可能真的不行了。妈妈，我好像过不去了，我试过各种方式想让自己过去，包括给林妹妹写信，但好像还是在想他，是不是完蛋了？

宋倩瞅着女儿的侧脸，这正在长大的女儿让她六神无主，无限心痛、怜悯，她心想。这家有女孩，真的让人头痛，见鬼的青春期，这么空降下来，老妈也要不行了。

乔英子说，妈妈，我对他讲一声，可能就好了。讲出来了，可能就会过去了，随便他喜欢不喜欢我，我可能都过去了。

乔英子说，我只要对他讲出来。

第二天上午，宋倩厚着脸皮下楼去敲自家的租客朱曼玉的门。

朱曼玉在家，这两天她又请了年休假，想当几天"陪读妈妈"。朱曼玉注意到了这女房东今天脸色苍白，神情局促，与她往常的端庄、沉静相比，很有些异样。

果然，等她讲完她登门拜访的原因后，朱曼玉又想笑，又傻眼。

朱曼玉一迭声地说，还有这事？你看现在的小孩哪，不过没关系，没关系，让她这小孩子对冯一凡说一声，也没什么关系。我们这边毕竟是男孩，心理没那么纤弱，说一声她喜欢他，又能怎么样，呵呵。

但说完，朱曼玉又发现不妥，心想，万一不说倒没事，一说咱儿子这边也萌动了呢。她家英子文静又是尖子生，万一冯一凡也动心思了呢，那怎么办？不是说女追男隔层纸嘛，到时候他哪搞得清楚这是为了让那女孩减压，而不是为了让他也去爱。再说，冯凯旋还老带他去婚礼现场，情情爱爱真情一世已经听多了，一触可能就发……

于是，她瞅着宋倩说，英子妈妈，但是我也在想，让英子对他说出来，她情绪上真的就能过去了吗？会不会也有别的可能性，别的后果呢？我的意思是，也有可能不说倒没事，说了万一我们冯一凡也投入了，少男少女一拍一合，那不是前功尽弃了？不是说女追男隔层纸嘛，小孩懂什么，而且现在的小孩多任性啊。

她这么说，宋倩就明白她的意思了。

宋倩脸上有明显的失望和无措，好像不禁要哭了的样子。

这倒又让朱曼玉不好意思了，她能理解她这当女生家长的心情，更何况自己也经历过少女时代。再说，这宋倩是房东，对自己一家还算是客气的，租房时给了这么大的优惠，万一现在不高兴了，不租给我们了怎么办？再说，如果当初她不租给我们，我们不搬进来，她家英子也就不会有这趟子少女怀春的事了；嗯，也可能是儿子自己招惹人家了也没准，最近是有看见这两小孩在楼下喷水池边说话。

于是朱曼玉赶紧说，英子妈妈不要急，千万别急，我再跟我老公商量一下。我想呀，即使答应英子让她说出来，我们也得事先策划好，什么情景，什么时间，什么地点，我们得把控全局，把副作用减到最小。

宋倩一听有道理，点头说，对对对，那谢谢一凡妈妈了，你说得对，只要我们设计到万无一失，这事还是可以做的，哪怕是让英子远远地对他喊一声。真是谢谢了，我也是实在没招了，这青春期哪。

送走宋倩，朱曼玉去了趟出版社，把冯凯旋叫下楼来，一说，见冯凯旋脸上有想笑的表情。

是的，冯凯旋虽有吃惊，但也没觉得有什么大不了。他说，让她对他说一声，应该没事，我家是男孩，哪有这么细腻啊？人家对他说一声喜欢他，就风吹草动了？倒是那个女生，我看倒是需要多加小心的，我知道那个女孩是有个性的。

于是，他就把那天在理发店相遇的事，跟朱曼玉讲了。

朱曼玉听罢，目瞪口呆，说，啊，光头？冯凯旋，你看看，你看看现在的小孩，真是看不出来，那么文气，你根本看不出来她心里憋着这样的倔气，估计她妈到现在都不知道。这么说，这个忙我们是得帮，她宋倩不找我们的话，我们还可以当不知道，这么已经找了，说了，万一她以后有什么事，我们可担当不了。

朱曼玉站在出版社楼下大厅里满脸忧虑。她对冯凯旋说，你看看现在的小孩，冯凯旋，你还能不投心思吗，你还能就只顾着你自己的那点乐子吗？冯凯旋，我告诉你，咱们冯一凡，咱也得留心啦。

两天后的晚上7点钟，春风中学的运动场上。

这个时间点，是第一节自修课时间，操场上没什么人，幽暗的灯光照耀着跑道。

跑道上，冯一凡陪着潘帅老师在慢走。

今晚潘老师把冯一凡叫到这儿，是来谈文学社在接下来的暑假将开展的征文活动主题。

有一个女孩陪着妈妈在跑道上跑步。当她们跑过潘帅老师和冯一凡身边时，女孩喊了一声"冯一凡我喜欢你"，她们继续往前跑。

潘帅老师笑道，谁啊？

冯一凡茫然说，不知道，没看清，光线太黑。

潘帅老师脸上有调侃的笑容，说，呵，女生跟你开玩笑呢。

前方跑步的母女，已消失在前面跑道的幽暗中。

这一声"冯一凡我喜欢你"之后，几组人马松了一口气，各自从不同方位迅速撤离运动场。

冯凯旋、朱曼玉从运动场左侧沙坑旁的梧桐阴影里，悄悄离开，回家。

李胜男老师从运动场的铁门口，独自离开，回办公室。

潘帅老师收起与冯一凡交流的话题，两人一起回教学楼，继续夜自习。

而宋倩、乔英子跑回了家。

进门后，乔英子对妈妈说，好了，我说过了，解脱了。

宋倩脸上有松了一口气的神情，也有惊奇。她说，好的，那就放下，妈妈真高兴。那个冯一凡爸妈真的还不错，是善解人意的人家，他爸爸我还是第一次看到，好像有点面熟的，不过是晚上，也没看清。

而在她们楼下，已回到家中的朱曼玉与冯凯旋也正在交流。两人一致的感受是：这事挺稀松的，原来想多了。

这个晚上，冯一凡从学校夜自习回来后，关于这事啥都没说。

于是，冯凯旋、朱曼玉心想：他可能只当一个玩笑了，真棒，可见做什么事都是要策划，要花心思的，哪怕是中学生的事。可不，这次连李胜男、潘帅老师都被邀来帮忙了。

但三天后的晚上，冯一凡刷完题去楼下放风回来后，对冯凯旋、朱曼玉说：告诉你们一个事，我跟英子好了，因为她前几天说她喜欢我，我跟她交往了三天，现在可以对你们宣布了，我有女朋友了。

两个大人的眼睛瞪大到让他想笑。

朱曼玉说，什么？跟英子好了？女朋友？早恋了？这可不行。

冯凯旋说，啊？开什么玩笑。

冯一凡撇了一下嘴，说，我没征求你们的意见，我只是来通知你们一声的，我原本也可以不告诉你们。

两个大人立马蒙圈，加懊恼。

朱曼玉说，一凡，你才多大啊？现在是一心一意读书的时候。

冯凯旋说，你还才中学生呢，瞎来，你们懂什么呀？

冯一凡面无表情，说，有什么不懂的，我们班上好上的又不是没有，乔英子成绩好，对我好，我要跟她结婚，她是第一个大胆对我说喜欢我的女生。

日光灯下，冯凯旋、朱曼玉感觉儿子的倔气正一股股地从他头顶往天花板上升腾。

朱曼玉哄道：冯一凡，现在你们还不懂爱情是什么，还太小，阅历不深，过几年再长大点，好不好？

冯一凡说，我还小不懂爱情，你们大了就懂爱情？你们懂吗？小又怎么了？小才纯、才真，大了还没这么靠谱呢，你们说是不是？所以才更需要从小培育，知根知底，情久弥深，找一个靠谱的人。

冯凯旋、朱曼玉表情尴尬，嘴里呢喃，语无伦次。

朱曼玉在忙乱中还白了老公一眼，心想，你看，你老带他去参加婚礼，说出来的是一套套的，还质问我呢，我可答不出，你自己回答他。

冯凯旋说，你们班上的其他同学我管不了，但你知道这是什么时候了？这可是迎战高考的关键时候了，冯一凡，等高考结束，读大学了，咱们再找、再谈也来得及。

冯一凡给了他们一个嘲笑的表情，说，高考结束？看电影也是高考结束，玩游戏也是高考结束，买iPad也是高考结束，难道高考没结束，日子都不要过了，生活都不需要推进了？难道高考结束，就像这出租房都不要了，这个家都没了，什么都解放了？切，正因为高考终会结束的，所以我才需要为高考结束之后早做准备；正因为高考结束、读大学后可以谈恋爱，所以我才需要现在早做先期准备；正因为高考结束这个房子没了我去读书了你们也不跟我在一起了，所以我才要为自己早找落点、相伴相助，所以，我跟英子好了，我宣布。

朱曼玉感觉儿子这话里好像有许多刺，像细针一样戳到了她心房上，但戳在具体哪个位置，她一下子辨不出来，只有隐约痛感。她满脸惶恐,心想,他是有意的吗?她以哀求的语调,对儿子说,你这样会影响英子的,英子是女生,情绪容易波动,我们影响不起人家。

冯一凡说,英子不会的,她成绩多好啊,再说英子也跟我一样需要相伴相助。知道吗,读得越累的时候,越需要相互鼓励,因为我们是孤儿,精神的孤儿,功课的留守儿童。

两个大人面面相觑,张口结舌。

因为,每一句话,绝对都扎到了心里。

这个晚上,朱曼玉从梦中惊醒,她一把将老公冯凯旋从地铺上拉上来,说,你还睡啊,冯一凡是不是已经知道了我们要离了?我怎么感觉他每一句话都是冲着我来的?

冯凯旋睁着迷糊的眼睛,说,有可能。

朱曼玉就哭起来,说,我感觉他怎么气鼓鼓的,人家早恋都是躲着爸妈,他怎么这么理直气壮的?不知为什么他那样子我感觉好可怜,他确实是好可怜,你知不知道啊?看他这样子我也不想过了。

第二天上午,孩子上学去后,冯凯旋、朱曼玉来敲宋倩家的门,寻找解决方案。

宋倩一听,大吃一惊,差点晕倒:啊,怎么?开始谈了?那她怎么跟我说她已经放下了呢?她瞒着我啊。

但宋倩没晕倒,因为今天还有一个让她惊讶的事——这个上门来的冯一凡爸爸,原来还是认识的。

他们一进门来，宋倩就认出来了：呀，这冯一凡爸爸不就是冯凯旋吗？

冯凯旋也认出来了，呀，这不是李丽丽吗？

朱曼玉在一旁也呆住了，说，咦，你俩原来是认识的？

冯凯旋、宋倩对彼此说：呀，24年没见了，还认得出来。没变，只是都稍稍胖了一点，在街上碰到的话，也认得出来。没变，没变，就变了一个名字，"李丽丽"换成了"宋倩"。哦，"宋倩"好听。呵，你忘记了，我妈不是姓宋嘛……

是的，他俩原本认识，只是认识的时候宋倩还不叫宋倩，叫李丽丽。他俩都是蓝海化工厂的职工子弟，爸妈都是化工厂工人，他俩都是在化工厂职工子弟学校读的中学，虽不曾同班，但都认识。他们的两位妈妈年轻的时候是一同从农村招工上来的，还是闺密。

在化工厂职工子弟学校里，冯凯旋的成绩是数一数二的，李丽丽学得较吃力，但即使这样，在全校乃至全厂的家属宿舍大院里，李丽丽依然被视为最优秀、乖巧的孩子。她学得吃力不是不聪明，而是她要花一半的精力帮她妈妈做家务、给厂里打零工，还得带弟弟妹妹。在蓝海化工厂，李丽丽家是出了名的苦人家，她爸原是厂里跑外地的销售员，他在搭上了另一个女人之后，甩了李丽丽妈、李丽丽和两个弟妹，另外成立了家庭。于是这边的一家4口，全靠女工妈妈的微薄收入维持生计，谁都看得出来这样的工作强度女工妈妈也快做不动了，谁都在说，这个家要翻身只能靠这个乖巧的大女儿了。

高中毕业那年的高考，因蓝海化工厂职工子弟学校一向教学质量较弱，该校考生全军覆没。但厂里在那年有一个大学的委培名额，按高考分数高低，这名额是冯凯旋的。但因为李丽丽家里苦，冯凯旋爸妈就把这个名额让给了李丽丽，也因此，她读了大学。而冯凯旋在厂里上了一年班后，参军入伍，再后来冯凯旋复员回到了这座城市，因他在部队期间有写写画画唱歌等文艺特长，而被安排进了出版社，后面的经历你也知道。

而李丽丽后面的经历，冯凯旋就不知道了，怎么还改名叫"宋倩"了？

宋倩在对冯凯旋说，凯旋，幸亏你爸妈，否则我现在还在化工厂当女工，没准可能已经下了岗。我从大学毕业后，先回了化工厂中学当物理老师，后来化工厂中学与地方中学合并了，我进了光明中学，再后来因为课上得好，被引进春风中学。工作到第11个年头时，因为个人的原因，哎，凯旋，这个原因就是老公跟人跑了。不知为什么，我和我妈遇到的都是渣男，所以我只有靠自己了，为了多赚点钱养好女儿，所以我辞职开班做家教，靠这个赚了一些钱。钱放着是不值钱的，那时我看见学校对面的"书香雅苑"在开盘，感觉这里自住、出租，或者作为家教场地，都是不错的，就一口气订了3套。原来是订4套的，后来感觉压力还是大了，就放弃了1套，早知道就不放弃了。学区房在中国不是房子、货币本身的概念，我受过教育的恩泽，所以最知道"教育概念"意味着什么。哎，凯旋，总之，我这都是被逼出来的，辛辛苦苦这一路，如果没有当家教赚到第一桶金，我不可能下手买这些房子。所以说，我的经济基础都与"教育"有关，而这起点是你爸妈和你给我的，如果你们那时不让给我这个机会，哪有这些啊。

宋倩微微晃了一下头，问冯凯旋，你爸妈现在好吗？刚工作那些年我还常去看他们，最近这几年就没去了。呵，是不太好意思去了，因为觉得自己也没什么作为，当年那么不容易得到的大学名额，全厂第一个工人家的大学生，现在窝在家里做家教，没什么业绩，不太好意思，所以得了拖延症似的。不过，我心里念着他们的好，哪天我还是得去看他们。

冯凯旋瞅着她，有些回不过神来，她说她生活中的这一切与24年前的自己、爸妈有关，是吗？

虽有些回不过神来，但还必须回过神来，因为还面对冯一凡、乔英子两个小孩的烦心事。

如果再晚个三四年，说不定还蛮美好的，但现在不行，必须喊"stop"。

于是，三个大人在宋倩家又是一通商议，还是找不到什么招。因为现在的小孩任性，因为眼下是高中的关键时段也不敢硬来，怕惹出了小孩的心理过激反弹，反而无法收摊。

但冯凯旋、朱曼玉、宋倩三个大人又想错了。

这个晚上冯一凡从学校夜自习回来，还没等两个惴惴不安的大人对他说话，他自己就又对他们宣布道：我没跟乔英子早恋，我们在演呢，是想看看周围的反应好不好玩，结果发现不好玩。

冯凯旋、朱曼玉感觉自己心脏病都快被这儿子搞出来了：不会吧，演？演给我们看？为什么要演给我们看？心惊肉跳的，什么意思呢？不过，演总比来真的要好，最好的结果不就是演吗？

朱曼玉端着一碗鸡汤，笑着迎上去，说，演得不错哦，吓了妈妈一跳。

冯凯旋让自己笑起来，说，呵呵，还是少演演，过几年再演好了，演也要花心思费时间的。呵，我们不考表演系。

冯一凡把头埋进桌上的作业堆，一边做题，一边嘟哝，演一下又怎么了？不都在演吗？谁不在演？

这个晚上，朱曼玉又从梦中惊醒，她伸手摇醒地铺上的老公冯凯旋说，我感觉他知道了，因为他每天都这么一句句地戳我，给我上课似的，我有感觉，他知道了。

她对着冯凯旋发愣的眼睛，啜泣起来，说，他真演得比我们谁都好，你难道没感觉出来吗？你别觉得我过敏，我是他妈，我有心灵感应，我儿子好可怜，这一家子忙进忙出的都在做什么呀？全都是可怜人。

深更半夜冯凯旋看她这抓狂样子，有些心烦，说，就你活得生猛，还可怜人？

朱曼玉伸脚踢了他一下，说，你反正有退路了，我看你跟楼上的宋老师搭伙过好了，青梅竹马是不是？优势互补、优质资产重组是不是？她不就正缺一个老公吗？她不是正对你有感恩的心吗？我看最合适了，要不我帮你去挑明算了。你跟她过，儿子与她女儿也刚好一对，就我被扫地出门了……

朱曼玉在黑暗中忧愁，她说，没门，不可以的。

朱曼玉对房东宋倩多操了心。其实几个小时前，在宋倩的客厅里，宋家母女已经谈了宋倩老师的情感走向问题。

与冯一凡一样，今晚乔英子回到家后，也向焦灼的妈妈宋倩交代：演的呢，别当真，估计这会儿冯一凡也在跟他爸妈说明。

为什么要演？宋倩捂着胸口，支棱着眼睛问。

乔英子说，主要是你太烦。

宋倩说，那也不用演这么一出，来吓我。

乔英子说，吓你？我只是想说明，女儿对该懂的事都是懂了的。昨天把你坠到低谷，今天把你拉到平地，是想告诉你我懂的。不经过落差，你怎么知道我已经懂了，你怎么知道不必永远盯着我，永远提醒我，你怎么知道即使盯着也没有意义，如果我自己学不会去懂。

宋倩脑子在转，因为女儿这话有些绕。

乔英子说，妈，我感觉你可以找男朋友了，赶紧把你自己嫁出去吧。

啊？宋倩心里一惊，瞅着这女儿，说，妈妈跟你过不是挺好的。

乔英子说，但我总会有自己的日子的。

宋倩看着这小孩，一时不知说什么好。

乔英子说，不是我不愿意跟你过，是你对我太依恋，让我去北京读大学你都不放手。我就奇怪了，你自己年轻的时候怎么就可以去外地读大学，在外面闯呢？为什么到你自己女儿的时候，你就不能让她出去，就不能让她走远了？不，我要去北京，我要读北大，所以，我必须消除你对我的依恋，对你进行"精神断奶"。

宋倩说，妈妈自己出去闯，但又不让你跑远，是因为妈妈闯过后才知道有多苦，舍不得让你这宝贝去受苦受委屈，这一点你应该好理解。

乔英子甩了甩头发说，理解也没用，反正我被盯着不舒服，我必须让你"精神断奶"，你应该去找个男朋友。

乔英子伸手，指着这房子，说，妈妈，你没觉得我们这个家缺了什么？虽然有这么多房子，但缺了一个男人。

宋倩脸都红了，说，妈妈现在没考虑，至少要等你考上大学了再考虑。

宋倩又笑了一下，对乔英子说，人家闹离婚的，都知道在小孩高考阶段要瞒着。你倒好，劝妈妈现在赶紧嫁出去。

乔英子说，什么事都是要到高考结束，看电视也要到高考结束，看小说也要到高考结束，买动漫也要到高考结束，生活又不是高考结束以后才开始的，又不是现在不用过了。再说，是我高考又不是你高考，你什么事都为我高考停下来，一心一意对付我，太聚焦了，我有被烧焦的感觉。

宋倩瞅着今夜的这女儿，心想，现在的小孩真是不好管，每一句都有她的逻辑，所以比教物理竞赛题难多了。

乔英子见妈妈没吱声，继续火力跟进，说，小鸟长大了，也要离开家，你不可能陪我一辈子，你永远盯着、关着、跟着我，其代价是我的生存能力被降低，没了成长，最终让我自己无法生存好。我生存不好，就会啃老，你就会没幸福感，所以，你不解除对我的依恋，我得先给你解除。妈妈，你照顾好你自己，赶紧找个男朋友吧，让你自己有自己的日子，不要全为我，我才会轻松开心。

宋倩突然哭得梨花带雨，她不知道该说什么，心一急就哭成这样。自从离婚后，多少年没这样哭过了，现在是对着女儿在哭。

乔英子凑近哭泣的妈妈的耳边说，电子工程学院的赵中烈叔叔不是对你挺好的嘛，我感觉他还挺靠谱的。

宋倩抬起头，对女儿承认：妈妈原本想等你明年高考结束后，再跟赵叔叔办，妈妈怕现在这个时候结婚会让你心烦意乱，也怕妈妈这个年纪突然又结婚了，会让你在同学面前感觉窘，而高考过了，就不影响了。

她说，赵叔叔对此是理解的，他会等的。

乔英子心想，哗，还真瞒着我呢，有没搞错呀。

她抚着妈妈的头发，说，那就赶紧去办吧，你这个年纪，还带着我，能找到合适的可不容易。一年有多长啊，一不留神，被别人抢走了怎么办？

两个星期后，在喜来登酒店，宋倩与赵中烈火线结婚。

当然，如果从时间看，这也已酝酿得足够火候了，因为从乔英子初三那年起，宋倩与赵中烈相约至今，已有两年半了。

这场婚礼，由宋倩少年时代的同窗冯凯旋主持，冯一凡帮管电脑音乐程序，乔英子担当花童。

年迈的宋倩妈妈、冯凯旋爸爸妈妈，及宋家弟妹们都来喝喜酒了，他们坐在酒席间，笑呵呵地向台上观望。

台上的冯凯旋今天发挥超佳。他将往日记忆与当下祝福融为一体，声情并茂，歌技增辉。在婚礼进程中，他还应宋倩的要求，引出了一个花絮：

他告诉台下的亲朋好友，今天有一位来宾，新娘已经30多年没见过他了，今天他也来到了现场，他能来，新娘很高兴。今天因为种种原因，他没有站到台上来，但新娘还是特别想对他说几句话。

于是宋倩笑了笑，接过话筒，对台下说，灯光好亮，人好多，我看不清你在哪儿，但我知道你来了，真高兴你能来。

她的声音突然有些哽咽了，她捂了一下眼睛，继续说，几十年没有见了，当然有埋怨。但很多很多瞬息，我们在这边其实也有想念，可能是因为冥冥中的感应，牵绊不断的血缘，所以我想有放得下的遗憾，来得及的谅解……

宋倩脸上有泪光。她呜咽道，谢谢你给的生命，才会有我在这世上的可能，很高兴你来了，来看看你长大了的女儿。

坐在场内左侧第二桌的朱曼玉，同样无法遏制泪水。她捂着嘴，站起来，视线在寻找儿子，她看见冯一凡坐在音控台那边管电脑。

这个夜晚，回到家，在儿子入睡后，她对冯凯旋语无伦次地说，今天你主持得不错，不过我看，你以后主持最好别那么煽情，85后结婚可能未必愿意让主持人在台上把他们弄哭，不过这一场主力人群不是85后……

冯凯旋笑了笑说，我看见你在台下哭了。

朱曼玉可没想笑，她还想哭。

她说，我哭了是因为我在想，十年后我们是在台上祝福他呢，还是在台下哪个角落悄悄看着他？那时候我们已不是一家人了。

冯凯旋嘟哝道，他没准还不一定请我去呢，我主持过这么多婚礼，有见识过爸妈缺场的，多的是。

朱曼玉真的哭起来。她嘟哝，受不了了。

冯凯旋怔怔地看了她一眼，对她说，那就别离了呗。

所以，他们做出"真正地重新住在一起"的决定，是始于这个夜晚。

虽然隔壁的冯一凡此刻正沉浸在梦乡中，但等他醒来，他会发现这是一个新的早晨，这屋子里不仅光线敞亮，气场也突然顺了。

几天后，在春风中学的操场边，冯一凡对乔英子说，谢谢你哦，帮我演了一出关键剧情。

乔英子笑,说,别客气,谁帮谁啊,你不是帮我把我老妈嫁出去了吗?

几天后,正在备战下一轮全国物理竞赛的林磊儿,在"宋家私塾"周六培训课结束后,从宋倩老师手里接过她递给他的一个信封。

他疑惑地打开,是厚厚的一沓钱,1万块。

宋倩老师凑近他的耳边说,你来我这儿学,是给我这个班增添实力,所以不要钱。

林磊儿脸上有疑惑,他把信封推还给她,说,要的。

她把信封塞进他的书包,笑了笑,说,听老师的话,老师曾受惠于人,知道读这点书不容易。

爸爸的贵子

整个6月下旬都在下雨。

这雨在南部的青凤山地区引发了一场泥石流，从山上奔腾而下的泥沙山石，顷刻间覆盖了山脚下的青凤村东片的房子和房子里的村民。

如果林永远那天没有下山回家，那么他现在还在青凤山间的香菇种植基地里忙碌。但，那天下午他却冒雨下山回家去拿一些东西，结果，泥石流在下午4点26分呼啸而至，30多间房屋被冲垮，他跟另外23位村民被埋在了一片黄褐色的泥浆中……

这消息传到朱曼玉这边，跟传到林磊儿所在的春风中学几乎同步。这样重大的突发新闻，在互联网时代无法遮掩。

林磊儿在李胜男老师的办公室里，抱着电话泣不成声。

他已将近有两个月没回家去看爸爸了,因为临近期末,还因为如今周六在"宋家私塾"上课,不想掉课。

原本,再过两星期学校就放暑假了,他就可以回老家看爸爸去了。

原本,这个暑假他和爸爸将会是多么开心,他先回家跟爸爸一起过一个星期,然后他将去北京,参加北京大学的夏令营。

这次北京之行,原本也是一个会让爸爸开心的消息,因为这一次李胜男老师又帮他争取到了机会,而这一次,他刚好有1万块钱,所以可以动身去北京,去赢取那张名校录取优惠协议。

但哪想到,现在竟遭这样的飞来横祸。

林磊儿从李老师办公室出来,看见小姨朱曼玉向他飞奔而来。小姨脸色苍白,抱着他痛哭。

朱曼玉、林磊儿当天就赶回了青凤村。

曾经山清水秀的青凤村,如今满目疮痍,老屋宛若脆纸板,被冲毁在一片泥浆里。林磊儿把手插进泥水中,他眼前只有爸爸那天在宿舍走廊里离开时的背影,以及他回头笑了一下的面容。

那是爸爸跟他见的最后一面。

当时爸爸的身后也是迷蒙的雨天。

那天爸爸突然来学校,是给他送5000块钱,这钱现在还在他这儿,宋老师还给他了,他准备这次带去北京用的。

他对着这夷为平地的老屋,泪水纵横。他对小姨说,我是孤儿了,真正的孤儿了。

因为村里要办丧事，所以林磊儿在老家待了一个多星期。小姨朱曼玉先回城上班。

小姨走后的这些天里，林磊儿多数时间其实是待在山上的香菇种植基地，因为那里有爸爸留下的更多痕迹。

木屋里还有爸爸的气息，衣服农具是他下山前摆放的样子，锅碗瓢盆桌椅板凳都还在原处……每一个角落都有他的音容。棚子里的那些香菇还在生长，一朵朵，精巧漂亮，侧耳倾听，似乎能听到它们向上蹿的声息。

四周连绵的群山依然，门前的桃树已挂青果。真希望一切其实是发生在梦里，但每一阵拂面的山风，都提醒他这不是幻觉。在风中，他好像听到了爸爸的声音在回旋，那是另一个世界的他在呼唤自己吗？

他想起了上一次回家，他与爸爸也坐在这里，面对暮色群山，爸爸的言语在他耳边飘来飘去。而如今，只有他自己了。

一个星期后，林磊儿回到了学校。李胜男老师在安慰了他之后，对他说，按计划，你后天就要动身去北京参加北大夏令营了，你尽快从伤心出来，把这一次出行当作调整心情的机会，也当作一次发愤的机会，想想爸爸的期望，你就加油，林磊儿。

但她没想到，林磊儿说他不想去了。

为什么？你不是最想去北大夏令营吗？李胜男老师虽然知道他在伤心中，但还是诧异。

林磊儿告诉老师，因为他想好了参加江南大学农林类专业的提前批招生，所以不用去北京参加夏令营了。

为什么？

林磊儿告诉李老师，自己这几天好好想过了，一是因为想做爸爸做过的工作，二是这个农林类专业提前批招的学生学费全免。

李胜男老师看着他发怔。

她懂他的意思。有些孩子就是这样的，当他们情感涌起时，你无法阻挡。她当了这么多年老师，又不是没见过。她很感动。

另外，她也知道，如今他爸没了，他小姨要同时承担两小孩读大学的学费和生活费，这确实不容易，这小孩是懂事的。

李胜男老师拍拍他的肩膀，说，好的，我懂的，林磊儿加油，老师觉得你是最棒的。

朱曼玉闻讯赶去学校劝林磊儿。

她知道这机会不容易，外甥去的话，赢得签约的可能性比较大。

但她怎么劝也改变不了他的主意。

朱曼玉走的时候，林磊儿小声说，小姨，你是不是不高兴了？这样咱们家可能就没有北大生了。

朱曼玉已经走到了门口，又回头走过来，拥抱了这外甥，说，小姨不会不高兴，只要你心里真正的是在高兴，而不是考虑小姨负担重。无论你去哪儿读，小姨都觉得好，很满意，因为你是你爸妈留在这世界上的宝贝，是贵子。

两个礼物

就像故事中小人物相互给予的治愈和欢喜,故事的最后,其实与一对互赠的礼物有关。

这礼物,最初是春风中学的高三少年们送给了潘帅老师一个"彩蛋"。

随后,潘帅老师也回赠了一个过去,他的这"礼物"青春悦目,一如这校园里的春景。

是的,这已是到了第二年的春天。

如今冯一凡、林磊儿、乔英子已经是高三下学期的学生了,10年备战的高考,现在像跑道上的最后一道栏,迫近到了他们的眼前。

他们在冲向这最后一道栏的进程中,突然起意,送给了潘帅老师一个"彩蛋"。

这"彩蛋"，最初是来自偶然。

甚至可以说，起因于"英才班"三位学霸的一场斗嘴。

那是在一场"综合考"出分之后，一号学霸乔英子责怪三号学霸刘婷婷小心眼：语文方老师说语文卷有一道题出得有问题，被扣分的同学都可以加5分回来。方老师说这事时，我刚好去医务室了，没听见，但你是我同桌，你为什么没告诉我？

刘婷婷说，我不是有意的，当时我手头有别的事在忙，所以就忘记告诉你了。

乔英子不相信。而刘婷婷有口难辩，因为这次综合考试她比乔英子多了4分，总分排名全班第一。

两个女学霸的冲突，因二号学霸林磊儿的介入而变得有些迷离。

林磊儿是来向乔英子认错的，他说这是他的问题，他那天帮李胜男老师算总分的时候，没核算好，本来也是可以发现的。

乔英子睁大眼睛，心想他这脑子是不是受上次"获奖感言事件"刺激坏了？

她对林磊儿说，怎么是你的错？这事与你没关系，她是我的同桌，天天就坐在我身边，她这么小心眼……

刘婷婷说，谁是小心眼啊？你才是呢，我只是忘记了，不是有意的。

李胜男老师得到学生来报"三个学霸在教室里吵起来了"的时候，正要去教育局开会。她对学生说，好，我让潘帅老师马上过去。

也是啊,让潘帅去吧,她这"徒弟"眼下是越来越得意自己会做学生思想工作了。

那么就让他去摆平"三学霸"吧。李胜男心想,摆平了,就算他这徒弟毕业了,都跟了一年了。如今看态势,这师徒关系很有可能将切换到一个全新频道了,我也不想当什么"师傅""御姐"了,难道没看见我也挺小鸟依人的嘛。

李胜男老师心里一边笑,一边打电话通知潘帅赶紧过去"灭火"。

于是潘帅老师就把"三学霸"叫进了办公室。

此刻的潘帅老师比去年瘦了一些,头发依然微蓬,脸上的表情仍像懒洋洋的猫。

他像办案的黑猫警长,先让三位学霸各自陈述,然后他眨着眼睛,想了5分钟后,宣布结论。

他说,我得先跟男生谈谈英雄的问题,所以女生先离场。

两位女学霸走出办公室后,潘帅对林磊儿说,我已经注意到了,在班上,你主动勤快,热心助人,甚至很多时候不是你的错你都会去揽。这令人敬佩,甚至看起来还很man,但它的前提不能是"谦卑",我们每个人都需要"被人需要的感觉",但心里得没有压力。林磊儿,我相信你知道我在说什么,按理说,这不能被说破,老师这么说也是很有犹豫,但老师相信"英雄不问出身",所以老师也特别希望你会相信……

潘帅老师对随后进来的两位女学霸说,今天的口角是因为5

分的分数，它在今天的你们看起来，是如此之大。但我们打赌，一个月以后，你们再回头看这件事，看这5分，它会变得比现在小，甚至可能都小到可笑。不信我们打赌，今天是2月25日，下个月的今天，3月25日，我们一起来看看。

潘帅随手拿过办公桌上的一支笔，在台历上写下"3·25"。

嘿。他笑了一下，对他们说，嘿，这个日子是我的生日，所以这事我忘不了，到时咱们再来看看这5分到底变成了什么。

没人会回头去看5分的，哪怕"三学霸"自己。谁不知道这是老师在劝人要大气吗？

潘帅老师也不会回头去看的，每天应接不暇的教学任务和自己刚刚开场的爱情，早将脑子填充得满满当当的。更何况，这样的纠纷，在中学生的生活里，与其他不少花絮一样，往往转瞬就被淹没在学业的汪洋大海里，无影无迹。别说一个月，就是一星期都无暇记起。

这倒也证实了潘帅所说的，那"5分"已经变得很小了。

"彩蛋"就是在这样的情形下突然来袭。

那是一个暖风拂面的春天夜晚。夜自习第一节课时，潘帅老师在办公室里接到学生来报：高三（4）班教室里很吵。

于是潘帅老师匆匆赶去处理。他在楼梯上没听见有什么吵声，但他推开高三（4）班教室门时，惊呆了——

那块蒙在黑板上的红布，此刻正由两位男生向他打开。

满黑板"潘老师生日快乐"，各种字体，大大小小。有100

条吗?

五颜六色的气球和闪光的彩绶,横贯教室上空。

满屋子的学生在向他欢笑、鼓掌。

一只好大的蛋糕,被"英才班"两位女生乔英子、刘婷婷端到了他的面前。

教室里开始响起《生日歌》:"祝你生日快乐,祝你生日快乐……"

每一张嘴都在放声歌唱。

歌声回荡在教学楼里,别班的学生们从门外拥进来看热闹。

蒙圈了的潘帅老师,乖乖地被学生们拉到了教室第一排,入座。

一组女生在讲台上为他跳了一段街舞,虽然动作还不够熟练,但已把他感动坏了。

男生冯一凡上台,向潘帅透露:最后,还有一个"彩蛋",注意,马上袭来,不要走开。

什么"彩蛋"?

欢声笑语中,他听见他们开始称呼他"潘爸"了。这就是"彩蛋"吗?

他慌乱地摆手,笑道,这怎么可以,叫"潘哥",我还没做爸哪,我怎么就给你们做爸了?

不。他们任性地说,高三(3)班高老师被他们班叫"高爸",高三(5)班蔡老师被他们班叫"蔡妈",高三(6)班于老师被他们班叫"于妈",我们班没爸没妈怎么行?虽然潘老师还小了点,虽然"潘哥"也还不错,但我们得叫"潘爸",我们班这才像个家……

这时,李胜男老师驾到。她是听见这里吵声连天,赶过来维持课堂纪律的,但哪想到,看见的是这一幕。她笑得前仰后合,心里居然有些醋意。

这个晚上她后来对潘帅说,哟,他们叫你"潘爸",那他们怎么不叫我"李妈"呢?我们班的学生怎么不叫我妈呢?

潘帅装傻,对她说,那我让他们叫我爸,让他们喊你妈。

李老师咯咯笑起来。她说,他们可没障碍,我们班上有几个中学生彼此都是以"王妈""李妈""张爸"相称的。

收了"彩蛋"的潘帅老师,决定立马回馈他们一个礼物。

同样的是生日礼物。一场特别创意的"18岁主题班会"。

送给全班男孩女孩,成人礼。

为此,潘帅老师去教务处,查看了全班所有同学的生日日期。他发现今年生日最早的是男生李洋,下周四就18岁了。

他想,这就意味着必须在下周四之前,即全班同学18岁之前,将这个礼物送掉,否则就有人超龄了。

于是,他针对那张排得很密实的课程表,想尽一切办法,与其他任课老师商量、调换,为学生们腾挪出了下周三下午两节课的时间。

除此之外,作为自视"懒人"的他,操办这个礼物的理念依然是"放权"。

这意味着，春风中学由此将迎来它有史以来的第一个全由学生自己张罗的"18岁主题班会"。

当然，潘帅老师也给出学生们一些建议。

比如，关于形式，他给出这几个关键词："欢迎父母参加""老师不讲话""学生陈述""个性化为佳""视频自创"。

关于主题，潘帅给出的关键词是"高考与我""10年后的相遇""欢喜的理由""赢家"。

其他，他说，随你们怎么玩，怎么搞，哪怕笑一场，疯一场，哭一场，都行，看你们的了。

对于潘老师提供的这个具有自助色彩的"礼物"，同学们就像面对一个乐高拼装玩具，跃跃欲试。

于是，在他们紧张、单调的复习迎考生活中，就有了一抹不同的色调，和一份小小的欢喜。

周三终于来临，校园的空气里，有若隐若现的玫瑰花的气息。

这天下午，正在办公室里开物理教学例会的李胜男老师，听到了从学校排练厅那边传来的一阵阵音乐声，无法按捺自己，她提前结束会议。

她对同事们笑道，我得去看看，咱们潘老师搞出了什么好玩的花样。

李胜男老师下楼，飞快地往排练厅走。

这个下午，她除了去观摩高三（4）班"18岁主题班会"有多好玩之外，其实她还应"徒弟"之邀，得去向那些小孩透露自己即将成为他们的"李妈",真正的"李妈"哦。

呵,这镜头推进得是不是有些快了?还好吧。

一年的时间虽然短促,但对于培育一段"师徒关系"从无感到对冲、磨合、转换还是够的,你想,冯家、宋家、季家的一地鸡毛,都在这一年里有了逆风飞扬的可能,两个年轻人的事那不更能轻装上路吗?

李胜男老师走进排练厅,爆棚的人气迎面而来,明媚的灯光下,学生和家长济济一堂,欢声笑语,人头攒动。她一眼看见了潘帅老师,他穿着白衬衣,还打着领带,像真个"潘爸",坐在前面呢。

她没走过去惊动他,她想先在后排看一会儿,于是她往台上张望。

她看见台上鲜花盛放,轮番上场的少年们笑容灿烂,背景的LED屏上,正滚动播放着他们现在和以前小时候的照片

他们在用言语描述中学生自己的感受,或清越或低沉的声音在空中传响。

她听见一个女生在说,虽然学得很辛苦,但我会感谢这场即将来临的高考,因为它教会我勇敢,在我走向青春的时候,它以压力的方式,告诉我意志的意义。

她听见一个男生说,我的情绪常会因分数高低而起伏,但我发现,真正让我感到快乐的,是学习中从不懂到懂的过程。

她听一个女生说,高考是我18岁出门远行之前,与爸妈最后相依的日子,爸爸妈妈我爱你们。

她听一个男生在说，我喜欢考试，因为它，我才能来到这里。我喜欢考试是因为喜欢公平的感觉，付出多少，试卷上见，每一分都有道理，所以哪怕天天有考试，我也没关系。

她看见其他班也有同学混进了排练厅，甚至还有人跳上台去发言，自己班上的冯英子就是其中之一。她在说，我快乐的理由，不是来自于考试，而是来自于我这一年对自己的认识，因为我发现我长大了，除了能帮我妈拿到她想要的分数之外，还为我自己要到了我的自由。

她看见自己班的林磊儿也上台了。他说，我18岁的时候，已是一个孤儿了，我说我不会怕了，我说我做过这么多难题了，还有什么题目好担心的，我会像读书那么用心地对付生活中的难题，我会加油的。

……

现在，她看见冯一凡带着他的爸妈一起上台了。

这"家庭组合式陈述"穿插在一群"单口发言"中显得比较别致。

可是她听见冯一凡说得有些没头没脑的："迎战高考，让我学会了过日子。"

她听见冯一凡爸说得同样有些没头没脑："他考大学，我做了第二遍爸。"

她琢磨了一下，这意思当然也能懂，但跟前面那些字正腔圆的比，调性偏低。

现在，她听见冯一凡妈还没考就在打分了："高考其实也是在考家长，这一轮考下来，我考得一般，及格；小孩爸考得比我好，良好；我家两个小孩考得更好，优秀！我这评分系统，高考可能不认，但我认，我家自己的贵子，由我打分。"

李胜男为她鼓掌，因为知道她带着两个小孩不容易。

李胜男老师突然看见已去美国留学的季扬扬出现在了LED屏幕上，他通过视频，在对大家笑。他说，在远方好想念大家，想念春风中学，甚至想回来再挂一次科。他说，我在学音乐，我给大家谱了一首歌，歌词是冯一凡同学的，那就有请他和他爸爸冯凯旋先生联袂演唱，送给大家，19岁的我祝18岁的你们快乐，嗨。

音乐渐起，李胜男老师看见冯一凡和爸爸一起走到台前。今天他们穿着相同的红色T恤，他们开始歌唱。李老师惊讶这父子俩有如此动听的嗓音，并且和声漂亮。

于是，这清亮、透彻的歌声，像春日里的风，回转在灯光明媚的排练厅里，李老师和身边那些少年一起凝神倾听——

在课桌之上

脸庞之上

我彷徨在一条路的起点

我疲惫在一条路的途中

我寻找奔跑的理由

寻找那一点点小小的欢喜

在题海之上

人海之上

我流泪在一条路的弯口

我困惑在一条路的终点

我寻找坚强的理由

寻找那一点点小小的欢喜

在天台之上

云朵之上

我攀登在一条路的尽头

我看见了一条路的无限

我寻找相信的理由

寻找那一点点小小的欢喜